KB161233

절화기담, 순매 이야기

절화기담, 순매 이야기

석천주인 지음, 남화산인 편집
박희병, 정길수 교감·역주

2019년 3월 8일 초판 1쇄 발행

펴낸이 한철희 | 펴낸곳 돌베개 | 등록 1979년 8월 25일 제406-2003-000018호
주소 (10881) 경기도 파주시 회동길 77-20 (문발동)
전화 (031) 955-5020 | 팩스 (031) 955-5050
홈페이지 www.dolbegae.co.kr | 전자우편 book@dolbegae.co.kr
블로그 imdol79.blog.me | 트위터 @Dolbegae79

주간 김수한 | 편집 이경아
표지디자인 민진기 | 본문디자인 이은정·이연경
마케팅 심찬식·고운성·조원형 | 제작·관리 윤국중·이수민
인쇄·제본 상지사P&B

ISBN 978-89-7199-928-8 (03810)

이 도서의 국립중앙도서관 출판시도서목록(CIP)은 e-CIP 홈페이지
(http://www.nl.go.kr/ecip)에서 이용하실 수 있습니다.(CIP제어번호: CIP2019007380)

책값은 뒤표지에 있습니다.

참 우리 고전 9

折花奇談

절화기담, 순매 이야기

석천주인 지음, 남화산인 편집
박희병, 정길수 교감·역주

돌베개

『절화기담』은 1809년에 창작된 한문소설이다. 작자는 자호가 석천주인石泉主人인데, 정조·순조 연간 서울에 거주한 포의布衣라는 사실만 알려져 있을 뿐 이름은 미상이다.

이 작품은 이생이라는 선비와 순매라는 아리따운 여종의 사랑 이야기다. 순매는 남편이 있으니, 두 사람의 사랑은 불륜이다.

무릇 '사랑'은 동서고금의 소설에서 늘 중심적 제재가 되어 왔다. 한국 고전소설이라고 해서 예외는 아니다. 삶이 다양하듯 사랑의 방식도 다양할 수 있다. 하지만 한국 고전소설에서 불륜을 본격적으로 다룬 작품은 흔치 않다. 아마 이 작품이 그 최초의 작품이 아닌가 한다.

순매는 남편이 있으면서도 다른 사랑을 꿈꾸는 여성이다. 순매의 사랑에는 한편으로는 허위의식이 있어 보이기도 하나, 여성적 자아가 사회적 인습과 굴레를 벗어나 스스로를 주체적으로 실현해 나가고자 하는 지향 역시 존재한다.

하지만 작가는 이런 문제를 진지하게 탐구하고 있지는 않으며, 두 사람의 사랑을 퍽 장난스런 필치로 그리고 있다. 이는 주제의식의 측면에서 본다면 미흡한 점으로 여겨질 수 있으나, 오락적 관점에서 본다면 진진한 서사의 재미를 낳고 있다. 오늘날의 독자들은 과연 두 사람의 이런 사랑에서 무엇을 읽어 낼 것인가?

소설로서 이 작품의 묘미는 사랑의 존재방식 자체에 대한 탐구보다는 사랑에서 현상現象되는 약속과 어긋남의 무수한 교차가 빚어내는 '마음 졸임'과 '실망'과 '허탈감'의 묘사에 있지 않은가 한다. 이 작품은 중국의 희곡『서상기』나 소설『금병매』를 원용해 창작되었지만 남자 주인공의 이런 심리묘사는 가히 청출어람이라 할 만하다.

이 작품은 조선왕조의 마지막 융성기라 할 정조正祖 시대를 배경으로 삼고 있다. 정조 18년(1794) 춘삼월 창덕궁의 어원御苑에서 거행된 음악회 장면, 일시 야간 통행금지가 풀린 도성에서 남녀 백성들이 오가며 즐겁게 봄밤을 즐기는 장면이 나오는가 하면, 사월초파일 도성의 가가호호에서 연등을 내걸고 물동이를 두드리며 흥겹게 노래를 부르는 장면도 나온다. 이처럼 정조 시대의 시공간과 실제 백성들의 삶의 모습이 작품 속에 구체적으로 들어와 있는 경우는 한국 고전소설에서 달리 유례를 찾기 어렵다. 이 점, 이 작품의 돋보이는 면모로서, 읽는 재미를 배가시킨다.

이 작품의 번역은 기왕에 없지 않았다. 하지만 달리 번역될 수 있는 구절이 적지 않아 나는 정길수 교수와 함께 새로 번역을 시도하였다. 정길수 교수는 1999년 2월 이 작품에 대한 최초의 본격적인 연구로 석사학위를 받은 이 작품에 정통한 연구자이다.

우리의 이 작업으로 이 작품의 원의原義가 좀더 쉽고 정확하게 독자들에게 전달되기를 기대한다. 아무쪼록 대방가의 질정을 바랄 뿐이다.

2019년 3월
박희병

차 례

서문

술과 여색과 재물과 기운은 군자가 경계해야 할 대상이다. 이웃집 술독의 술을 훔쳐 먹은 관리[1]가 있는가 하면 술에 취해 저잣거리에 쓰러진 학사[2]도 있었다. 향을 훔친 한수[3]가 있는가 하면 단풍잎으로 인연을 맺은 우우[4]도 있었다. 하루에 1만 냥을 허비한 재상[5]이

---

1 이웃집 술독의~먹은 관리: 동진東晉의 필탁畢卓을 말한다. 필탁이 이부吏部의 낭관郎官으로 있을 때, 술을 너무 좋아한 나머지 밤에 만취해서 이웃집 술독의 술을 몰래 마시다가 술독 옆에 쓰러져 있었다는 고사가 전한다.
2 술에 취해~쓰러진 학사學士: 당나라의 시인 이백李白을 말한다. 한림학사翰林學士 이백이 술에 취해 저잣거리에 쓰러져 있다가 황제의 부름을 받고 급히 부축을 받아 침향정枕香亭으로 갔다는 고사가 전한다.
3 향을 훔친 한수韓壽: 진晉나라 무제武帝 때 개국공신 가충賈忠의 딸 가오賈午와 가충의 보좌관 한수가 사통私通한 고사를 말한다. 가오는 부친이 무제에게 하사받은 외국산 고급 향香을 가져다 한수에게 주고는 그와 사통했는데, 훗날 한수의 옷에서 나는 향기 때문에 그 일이 발각되었다. 이에 가충은 딸을 한수에게 시집보냈다.
4 단풍잎으로 인연을 맺은 우우于祐: 당나라 희종僖宗 때 궁녀 한씨韓氏와 우우가 인연을 맺은 고사를 말한다. 한씨가 궁궐을 벗어나고픈 마음을 노래한 시를 단풍잎에 적어 시내에 띄워 보냈는데, 우연히 그 앞을 지나던 선비 우우가 주워 보고는 이

있는가 하면 한 판 노름에 100만 냥을 건 고관[6]도 있었다. 죽음 앞에서도 후회가 없던 형경[7]이 있는가 하면 유골에 향기가 남은 섭정[8]도 있었다. 이는 모두 기욕[9]이 싹튼 게 계기가 되었으며, 호기롭게 숭상함에서 말미암은 것이다. 예로부터 영웅이든 호걸이든 귀인이든 천인이든 위의 네 가지에 속하지 않는 경우가 없다.

제 몸이 죽기에 이르러서도 후회하지 않거나 자기 집을 망치고도 돌아보지 않은 채 한때의 욕망을 마음껏 채우고도 세상에 그 일이 알려지지 않은 이들은 옛사람과 함께 논할 수 없다. 기이한 이야기와 신기한 볼거리는 예로부터 무수히 많지만 그 일을 기록할 마땅한 사람을 만나지 못하면 행적이 민멸되어 후세에 전하지

에 답하는 시를 단풍잎에 써서 상류에 띄웠다. 훗날 우우는 궁궐에서 쫓겨난 궁녀와 혼인하게 되었는데, 그 여인이 바로 단풍잎을 띄워 보냈던 한씨였다. 이 고사는 송대宋代 유부劉斧가 지은 『청쇄고의』靑瑣高議 중의 「유홍기」流紅記에 보인다.

5 하루에 1만 냥을 허비한 재상: 진晉나라의 재상 하증何曾을 말한다. 사치하여 하루 식사비로 1만 냥을 쓰면서도 먹을 음식이 없다고 투덜댔다는 고사가 전한다.

6 한판 노름에~건 고관高官: 동진의 무신 유의劉毅를 말한다. 집에는 쌀 한 가마 없으면서 저포 노름을 할 때는 한 번에 100만 냥을 걸었다는 고사가 『진서』晉書에 전한다.

7 형경荊卿: 전국시대戰國時代의 자객 형가荊軻를 말한다. 연燕나라 태자 단丹의 요청을 받아들여 진秦나라 왕을 암살하려 실패하고 죽임을 당했다.

8 섭정聶政: 전국시대의 자객. 한韓나라 엄중자嚴仲子의 요청을 받아 그 원수인 한나라 재상 협루俠累를 살해한 뒤 엄중자를 보호하기 위해 스스로 자신의 얼굴 가죽을 벗기고 목숨을 끊었다. '유골에 향기가 남았다'는 표현은 이백의 「협객행」俠客行 중 "죽어도 협객의 뼈에는 향기가 남았나니"(縱死俠骨香)에서 따온 말.

9 기욕嗜慾: 기호嗜好와 욕망. 정욕情欲.

않는 것이니, 어찌 다 한탄하랴!

지금 이 '꽃을 꺾은 이야기'는 내 친구 이 아무개가 실제 겪은 일을 기록한 것이다. 작품 전체의 의미를 자세히 고찰해 보면 대략 원진[10]과 앵앵[11]의 만남과 흡사하니, 한 번 기약하고 두 번 약속하고 세 번 보고 네 번 만나도 끝내 이루어질 수 없었음이 그렇다. 간난干鸞이 스스로를 중매한 것은 홍랑이 장군서를 탐하는 대목[12]과 멀리 조응된다. 또 『금병매』에서 서문경과 반금련이 만나는 대목[13]과도 매우 비슷한 점이 있어서 '세 가지 어려움이 있어 어렵고도 어렵다'라고 한 구절이나 돈과 은 노리개에 대해 이야기하는 대목

---

10 원진元稹: 당나라 애정전기愛情傳奇의 대표작 「앵앵전」鶯鶯傳의 작자. 원화元和 연간 과거에 급제하여 좌습유左拾遺, 무창절도사武昌節度使를 지냈다. 시에 뛰어나 동시대의 백거이白居易와 함께 '원백'元白이라 일컬어졌다. 본래 「앵앵전」의 남주인공은 장생張生인데, 여기서는 작자 원진과 장생을 동일인으로 보고 있다.

11 앵앵鶯鶯: 「앵앵전」·『서상기』西廂記의 여주인공 최앵앵崔鶯鶯.

12 홍랑紅娘이 장군서張君瑞를 탐하는 대목: 『서상기』에서 홍랑이 장군서를 보고 그 인물에 은근히 반하는 대목을 말한다. '장군서'는, 원나라 왕실보王實甫가 「앵앵전」의 서사를 확대하여 지은 희곡 『서상기』의 남주인공이다. '홍랑'은 본래 「앵앵전」에 등장하는 앵앵의 여종으로, 「앵앵전」에서는 주인공 장생과 앵앵의 결연을 단순 매개하는 인물이었으나, 『서상기』에서는 그 역할이 대단히 확장되었다. 홍랑이 장군서에게 반하는 대목은 「앵앵전」에는 보이지 않는다.

13 『금병매』金瓶梅에서 서문경西門慶과~만나는 대목: 『금병매』 제2회에서 남녀 주인공 서문경과 반금련潘金蓮이 처음 만나 간통하기에 이르는 대목을 말한다. 『금병매』는 16세기에 창작된 것으로 추정되는 작자 미상의 장편소설이다. 『수호전』水滸傳 제24회부터 제26회까지 삽입된 서문경과 반금련 이야기를 100회 분량으로 확대하여 인정세태를 치밀하게 묘사하면서 당대 사회의 치부를 드러낸 걸작이다.

은 왕파[14]의 언변과 다름이 없다. 참으로 신기하다, 천 년 뒤에 이처럼 비슷한 이야기가 만들어지다니! 옛 작품보다 뛰어난 점은 내 친구가 간난을 통렬히 끊어 버려 황망하기 그지없는 와중에 인륜을 바로잡은 것이요, 순매 역시 남편의 졸렬함에 가슴 아파하되 아무런 해를 끼치지 않은 것이다. 그러니 지금 사람이 옛사람보다 훨씬 뛰어나다고 할 수 있지 않을까?

　내 친구는 신실한 사람이었다. 어려서부터의 그 됨됨이를 상상해 보건대, 호수에 배를 띄운 여인[15]이나 뽕잎 따는 여인[16]이 있다 한들 내 친구의 마음을 움직이지는 못했을 것이다. 그런데 이런 사람이 지금 여항閭巷의 천한 여종 하나 때문에 이처럼 곡진한 정에 애태우고 말았다. "여색이 사람을 미혹하는 것이 아니라 사람이 스스로 미혹되는 것이다"[17]라는 옛말이 있거니와 정말 제 스스로 미

14　왕파王婆: 『금병매』의 등장인물. 반금련의 본남편인 무대武大의 집 이웃에서 찻집을 경영하던 매파媒婆로, 서문경과 반금련의 만남을 주선했다.

15　호수에 배를 띄운 여인: 춘추시대春秋時代 월越나라의 미인 서시西施를 말한다. 월나라 왕 구천勾踐을 돕기 위한 범려范蠡의 계략에 의해 오吳나라 임금 부차夫差의 총희寵姬가 되었다가 월나라가 오나라를 멸망시킨 후 범려와 함께 동정호洞庭湖에 배를 띄워 강호에 은둔했다는 고사가 전한다.

16　뽕잎 따는 여인: 진나부秦羅敷를 말한다. 한漢나라 악부시 「맥상상」陌上桑에 등장하는 아리따운 여성으로, 지나가던 태수가 뽕잎을 따는 그녀의 미모에 반해 유혹했으나 남편이 있다며 뿌리쳤다.

17　여색이 사람을~미혹되는 것이다: 『명심보감』明心寶鑑 「성심편」省心篇에 나오는 말.

혹된 것일까, 여색이 그를 미혹한 것일까?

중간에 삽입된 시와 사[18]는 자못 예스러운 풍격이 있고, 서사敍事가 손바닥 안에 있는 듯 소상하니, 일이 없을 때 한번 웃을 거리로 삼을 만하다. 글 전체가 모두 눈이 뚫어지게 하고 애간장이 끊어지게 하고 마음이 재가 되게 하고 머릿속이 멍해지게 하는 구절이니, 이 여자는 정말 항아[19]나 무산 여신[20]의 후신일까? 미녀로 변신한 여우나 흰 분으로 곱게 단장한 해골이라서 내 친구가 그리 깊이 미혹된 것일까? 순매가 만일 홍불기[21]라면 내 친구는 이정[22]의 풍류가 있었던 게 아닐까? 순매가 만일 달빛 아래 거닐던 낙수의 여신[23]이라면 내 친구는 조자건[24]의 풍모를 지녔던 게 아닐까?

---

18 사詞: 송나라 이래로 유행한 운문韻文. 본래는 곡조에 얹어 부르는 노랫말로, 800여 종의 레퍼토리를 지녔으며, 해당 레퍼토리가 각 작품의 제목이 된다.

19 항아姮娥: 달나라에 산다는 선녀. 본래 요임금 때 활 잘 쏘기로 이름난 예羿의 아내로, 남편이 서왕모西王母에게서 얻어 온 불사약不死藥을 훔쳐 달나라로 달아났다는 전설이 있다.

20 무산巫山 여신: 전국시대 초楚나라 회왕懷王이 양대陽臺에서 낮잠을 자다가 꿈에 무산의 여신을 만나 잠자리를 함께했다는 전설이 있다. '무산'은 중국 호북성湖北省 서부에 있는 산 이름이고, '양대'는 중경시重慶市 무산현巫山縣 고도산高都山에 있던 누대 이름이다.

21 홍불기紅拂妓: 당나라의 전기소설 「규염객전」虯髯客傳의 등장인물. 수나라 양제煬帝 때의 권세가 양소楊素의 시비侍婢로, 양소를 방문한 이정李靖의 풍모에 반해 이정을 따라갔다.

22 이정李靖: 문무를 겸비한 당나라의 개국공신으로, 양소의 시비 홍불기가 이정의 풍모에 반해서 함께 달아나는 사건이 「규염객전」 초반부에 서술되어 있다.

23 낙수洛水의 여신: 복희씨伏羲氏의 딸 복비宓妃를 말한다. 낙양 부근에 있는 강

봄에 인연을 맺지 못하고 여름에 이르러서야 소원을 이루었으니, 순매가 쇠잔한 매화 같았으리라는 것을 알 수 있다. 우물가에서 한 번 만나는 것이 마치 약수[25]를 사이에 둔 듯 어렵고, 집에서 만나는 것이 마치 꿈에서 막 깨어난 듯 허망하다. 처음에는 잠시 접했을 뿐이고 나중에는 적조하여 열 번의 만남 중 아홉 번 만난 뒤에야 비로소 성사되었으니, 나는 지금에야 하늘이 정한 인연이 있다는 것을 믿게 되었다. 애석하다! 만나기 전에 통렬히 끊어 버린 것만은 못하지만, 한 번 관계한 뒤 스스로 끊어 버렸으니 그래도 다행한 일이다.

남화산인南華散人이 쓰다

인 낙수에 빠져 죽어 낙수의 신이 되었다는 고사가 전한다.
24 조자건曹子建: 위魏나라 조조曹操의 셋째아들인 조식曹植을 말한다. '자건'은 그 자字이다. 조식은 낙수를 지나다가 복비가 낙수의 신이 되었다는 고사를 바탕으로 「낙신부」洛神賦를 지었다.
25 약수弱水: 전설상의 강 이름. 험난하여 건널 수가 없다고 한다.

자서

정에는 알 수 없는 것이 있고, 일에는 헤아릴 수 없는 것이 있다. 알 수 없으니 잊을 수도 종결할 수도 없고, 헤아릴 수 없으니 규명할 수도 상세히 파헤칠 수도 없다.

정은 인연에서 나오고, 일은 작은 조짐에서 비롯된다. 인연이 없으면 정이 생겨날 수 없고, 조짐이 없으면 일이 일어날 수 없다. 은미한 조짐이 보인 뒤에 일이 일어나고, 인연이 싹튼 뒤에 정이 생겨난다. 조짐이 생기고 인연이 싹트는 것은 모두 사람에서 말미암는다. 그러니 재앙과 복은 드나드는 문이 없으며, 모두 사람이 불러내는 것일 따름이다. 그렇다면 호오好惡와 시비是非도 사람에서 말미암지 않은 것이 없고, 이해利害와 고락苦樂 역시 사람에서 말미암지 않은 것이 없다.

황금과 벽옥碧玉은 목숨을 잃는 빌미가 되기에 족하고, 부귀와 공명은 명예를 실추시키는 구덩이가 되기에 족하다. 술 때문에 나라를 잃기도 하고, 여색 때문에 몸을 망치기도 한다. 목숨을 잃고 명예를 잃고 나라를 잃고 몸을 망치는 이들은 자신이 망하는 길로 간다는 것을 알지 못한 채 차츰차츰 빠져들다가 결국 어쩔 수 없는 지경에 이른다.

어쩔 수 없는 지경에 이르고도 더욱 망령된 짓을 멈추지 못하게 하는 것은 바로 미색이다. 급기야 욕망의 불덩이가 만 길 높이 하늘까지 치솟고 천 길 높은 파도가 가슴에 넘쳐 지극히 위태로운 지경에 이르러도 눈앞의 위험을 모르고 곧 들이닥칠 재앙을 알지 못한다. 어질고 지혜롭고 용맹하고 지략을 지닌 불세출의 인물이라 할지라도 발길을 돌리지 못하고 끝내 어쩔 수 없는 지경에까지 이른 뒤에야 그치니, 참으로 두렵지 않은가!

「절화기담」折花奇談(꽃을 꺾은 기이한 이야기)은 내가 스무 살 때 직접 겪은 일이다. 그 사실을 서술하고 기록한 것이니, 여가 중에 재미삼아 볼만한 읽을거리에 지나지 않지만, 글의 맥락이 잘 이어지지 않고 서사에도 빈틈이 많기에 친구 남화자[1]에게 질정을 구했다. 그리하여 남화자가 고쳐 편집하고 윤색을 가하니, 비록 내가 직접 겪은 일이지만, 속 태우며 그리워하고 애가 끊어지도록 잊지 못하는 정이 구절마다 생동하고 글자마다 맺혀서, 책을 덮고 긴 한숨을 쉬게 하는 곳이 있는가 하면 마음이 아파 눈이 시큰해지는 구절도 있다. 한 번 기약하면 두 번 어그러지고, 두 번 약속하면 세 번

---

1   남화자南華子: 이 작품의 편차編次와 평비評批를 담당한 남화산인을 말한다.

어긋나는 것이 마치 귀신이 농간을 부린 듯, 하늘이 지시한 듯해서, 사랑스러운 미색에 사람이 미혹되기 쉽다는 것을 지금에야 알게 되었다. 또한 남화자의 서문이 나를 권면한 게 많으니, 내가 이제 예전의 태도를 바꾸어 그릇된 것을 돌이켜 바른 곳으로 들어가게 된 것은 모두 내 친구 덕이다.

석천주인石泉主人이 스스로 서문을 쓰다

제1회

이씨 집 노파가 남녀의 인연을 맺어 주고
방씨 집 간난이 양대의 꿈¹을 깨뜨리다

남화자는 말한다.

"상하 여섯 편 세 장회²에서 얼굴을 본 것이 아홉 번, 약속했지만 만나지 못한 것이 여섯 번, 현실 같은 꿈에서 만난 것이 한 번, 꿈 같은 현실에서 만난 것이 한 번이다. 진실한 마음으로 그리워하니 현실 같은 꿈속에서 만나고, 거짓된 마음으로 관계를 끊으니 꿈 같은 현실에서 문득 만났다.

처음 뜻한 바 있을 때는 노파에게 인연을 맺어 달라 했고, 나중에 뜻한 바 있을 때는 노파에게 인연을 끊어 달라 했다. 그래서 똑

---

1 양대陽臺의 꿈: 운우지정雲雨之情. 초나라 회왕懷王이 양대에서 낮잠을 자다가 꿈에 무산의 여신을 만나 잠자리를 함께했다는 전설이 있다.
2 상하 여섯 편篇 세 장회章回: 각 장회의 제목이 두 가지 사건으로 이루어진바, 전체 3회를 6편의 이야기로 본 것이다.

같은 이생이 인연 맺기를 원하기도 하고, 인연 끊기를 원하기도 한 서술이 있게 된 것이다. 처음에는 마음이 있어 이생의 부탁을 들어주었고, 나중에는 무정하게 이생을 물리쳤다. 그래서 똑같은 노파가 부탁을 들어주기도 하고, 준엄하게 물리치기도 한 서술이 있게 된 것이다.

이생은 무심히 술잔을 주고받았으나, 간난은 뜻을 두어 교태를 부렸으니, 한 번은 진眞이고 한 번은 가假이며 한 번은 나아가고 한 번은 물러서는 서술이 있게 된 것이다. 노파는 가假를 진眞인 줄 알고 허虛를 실實이라 여겼다. 허와 실, 진眞과 가假가 곳곳에 복선伏線이 되어 멀리서 조응한다.

스스로 관계를 끊으려 하지 않았으나 스스로 관계를 끊게 만든 사람은 간난이다. 스스로 관계 끊는 걸 애통히 여기면서도 스스로 끊을 수 있었던 사람은 이생이다."

남화자는 말한다.

"순매를 처음 보고 이생은 스스로를 중매했고, 순매를 두 번째 보고 이생은 또 스스로를 중매했다. 스스로를 중매한 두 번의 일이 멀리서 서로 조응한다.

노파가 한 번 기약한 것은 진실로 기약한 것이요, 이생이 한 번 기회를 놓친 것은 진실로 기회를 놓친 것이다.

꿈은 진짜 같았으나 진짜가 아니었고, 진짜 만남은 꿈 같았으나 꿈이 아니었다. 꿈이 과연 진짜 같아 꿈에서 깬 뒤 길이 그리워하고 길이 탄식하는 서술이 있게 되었고, 진짜 만남이었기에 '희고 부드러운 가슴이 출렁거린다', '옥 같은 살결이 보들보들하다'[3]와 같은 구절이 앞과 뒤, 중간과 끝 사이사이에 서로 조응하고 멀리 서로 이어진다.

은 노리개는 노리개이면서 은이다. 이 때문에 사내종은 은 노리개를 자랑하고 싶은 마음이 있었고, 또한 이생이 사내종에게 은 노리개를 돌려주는 일이 있었으며, 또한 노파가 은 노리개를 소매에 넣어 가져오는 기쁨이 있었고, 또한 이생이 순매와 만날 때 예물이 되었다. 처음에는 얻었다가 잃고, 나중에는 서로 주고받으면서 하나의 은 노리개가 하나의 인연이 되었으며, 사내종이 두 번의 매개가 되고, 노파가 세 번째 매개가 되었다. 이생이 처음 얻었다가 잃고, 두 번째 얻어서 세 번째로 전한 뒤에야 비로소 만남이 이루어졌다. 그러니 신물信物이란 것이 어찌 우연한 것이겠는가? 물건 중에 뜻이 담긴 신물이 있고, 기약 중에 신의 있는 아름다운 기약이 있는 법이다.

'첫째 어려움, 둘째 어려움, 셋째 어려움'이라고 했고, '한 번 보고, 두 번 보고, 세 번 보았다'고 했다. 노파가 '어렵습니다'라고 말

---

3 희고 부드러운~살결이 보들보들하다: '희고 부드러운 가슴이 출렁거린다'라는 말은 이 작품 제1회와 제3회(본서 37면, 78면)에 나오고, '옥 같은 살결이 보들보들하다'라는 말은 제1회(본서 37면)에 나온다.

한 어려움은 진짜 어려움이 아니라 가짜 어려움이니, 그래서 말하기가 어려웠던 것이다. 이생이 '보았다'라고 말한 것은 진짜 본 것이니, 진짜 본 것 속에 또한 보기 어렵고 잊기 어려운 정이 많다."

임자년(1792)에 이생李生이 벙거짓골⁴에 살았다. 이생은 태어나면서부터 준수하고 고상한 기품을 지녔고 풍채가 남달리 좋았으며 시문詩文에도 뛰어난 한 시대의 재자才子였다. 그러나 집안 살림은 돌보지 않고 이웃의 이씨李氏 집에 붙어살았는데, 이씨는 벌열 출신이었다.

그 집에는 돌우물이 하나 있어서 온 마을 여종들이 아침저녁으로 우물 앞에 모여 물을 길었는데, 뜨락의 광경이 자못 볼만했다. 그중 한 사람의 미인이 있었으니, 이름이 순매舜梅였다. 나이 열일곱에 얼굴을 꾸미지 않아도 흠잡을 곳이 없고, 몸에 아무런 치장을 하지 않아도 온갖 아리따움이 피어났다. 버들가지처럼 가는 허리에 복사꽃처럼 탐스러운 뺨, 앵두 같은 입술에 새까만 머리를 가졌으니 참으로 절세미인이었다. 그러나 순매는 방씨方氏 집의 여종으로, 이미 몇 년 전에 결혼을 한 유부녀였다.

이생은 순매의 모습을 처음 본 순간 넋이 빠지고 마음이 싱숭생

---

4 벙거짓골: 원문은 "帽洞"으로, 모곡동帽谷洞을 이른다. 지금의 서울 종로3가·관수동·장사동에 걸쳐 있던 마을로, 벙거지전이 있어 '벙거짓골'이라 불렸다.

숭해 진정할 수 없었다. 그러나 만 겹이나 가로막힌 봉래산[5]과 같아 그저 「고당부」[6]를 읊조릴 따름이요, 양대의 꿈[7]을 이루기는 어려웠다. 그래서 자나 깨나 그리워하며 근심스레 애만 태울 뿐이었다.

하루는 하인이 대나무 그림을 새긴 은 노리개 하나를 갖고 와 말했다.

"이건 방씨 댁 여종이 옷에 차던 물건인데, 쉰네가 잠시 저당 잡았습니다. 나리의 상자 속에 간직해 두셨으면 합니다."

이생은 가만히 기뻐하며 생각했다.

'미인의 아름다운 물건이 생각지도 않게 내 손에 들어왔구나! 혹 이 물건을 빌미로 만날 약속을 해 볼 수 있겠다.'

어느 날 순매가 수수한 색의 얇은 치마를 입고, 머리에는 작은 동이를 이고, 손에는 도르래를 든 채 살랑살랑 사뿐사뿐 우물가로 걸어왔다. 그러자 이생은 정을 더욱 억누를 수 없어 넌지시 수작을 걸어 볼 셈으로 은 노리개를 꺼내 보이며 말했다.

"이게 누구 노리개냐?"

순매가 깜짝 놀라 물었다.

"그건 제가 아끼던 물건입니다. 일전에 아이종에게 저당 잡혔는

---

5 봉래산蓬萊山: 신선이 산다는 바닷속의 산.
6 「고당부」高唐賦: 전국시대 초나라의 송옥宋玉이 지은 부賦. 초나라 회왕懷王과 무산巫山 여신의 고사가 담겨 있다.
7 양대의 꿈: 운우지정雲雨之情. 본서 20면의 주1 참조.

데, 어쩐 연고로 나리 손에 떨어졌사옵니까?"

이생이 웃으며 말했다.

"네 물건이라면 돌려줘야겠구나."

순매가 정색을 하고 대답했다.

"저당 잡은 물건을 돈도 받지 않고 돌려주는 법이 어디 있답니까?"

이생은 솟구치는 정을 억누르지 못하고 말했다.

"생각지도 않게 노리개 하나로 꽃다운 인연을 맺었구나! 인생은 물거품 같고 풀잎 위의 이슬 같아서 청춘은 다시 오지 않고 즐거운 일은 늘 있지 않은 법이야. 하룻밤 만남을 아끼지 말고 삼생[8]의 소원을 이루는 게 어떻겠느냐?"

그녀는 웃음을 머금고 아무 말 없이 물만 긷더니 표연히 떠나갔다. 이생은 망연히 어찌할 수 없었다.

하루는 이생이 이웃의 친구들과 이씨 집에서 술을 마셨다. 본래 이씨 집에는 노파 하나가 살았는데, 호사가인 데다 말재간이 좋았고 뚜쟁이 바닥에서 수완이 있었다.[9] 술이 몇 순배 돌자 이생이 조용히 말했다.

"방씨 집 여종을 할멈도 잘 알 거야. 잘 주선해서 하룻밤 인연을 맺게 해 주면 꼭 후사하겠네."

---

8 삼생三生: 불교에서 말하는 전생前生·현생現生·후생後生.
9 뚜쟁이 바닥에서 수완이 있었다: 뒤에서 알 수 있지만 이 할미는 술집 주모다.

노파가 말했다.

"어렵겠습니다! 그 여자는 정절이 있는 사람이라 제 변변찮은 말솜씨로 억지 주장을 해서 꼬드길 수 있는 상대가 아닙니다. 한강 물이 어느 세월에 얼겠습니까? 쓸데없는 말로 마음을 수고롭게 하지 마십시오."

이생이 노파의 마음을 돌리기 위해 백방으로 노력했으나 노파의 마음은 갈수록 요지부동이었다.

이생이 낙담한 채 돌아와 홀로 난간에 기대어 있는데, 문득 발자국 소리가 멀리서부터 점점 가까워 왔다. 그 고운 모습은 과연 마음속에 그리던 사람이었다. 순매가 연약한 제비처럼 나태한 꾀꼬리처럼 사뿐사뿐 걸음을 옮겨 곧장 우물가로 향해 오자 이생은 기쁘기 그지없어 은근한 정을 담아 말을 건넸다. 순매는 한 번 웃어 보일 뿐 아무 대답 없이 표연히 물을 긷고 사라졌다.

때는 바야흐로 봄에서 여름으로 넘어가는 시절이었다. 우물가에 오동나무 그늘이 짙게 드리웠고, 화분에는 석류꽃이 활짝 피었으며, 제비가 지저귀고 꾀꼬리가 우는 소리가 시름에 잠긴 사람의 그리움을 한층 더 돋우는 듯했다. 이생은 마침내 절구[10] 한 편을 지어 울적한 마음을 풀었다.

---

10 절구絶句: 네 구句로 이루어진 한시 형식.

한 그루 매화나무에 봄이 저물려 하는데
유정한 사람 난간에 기대어 있네.
향기 찾아 노닐던 나비는 도로 날아가고
나부의 꿈[11] 깨니 둥근 달이 휘영청.

붓을 들어 시를 쓴 뒤 읊조렸다. 서묵[12]으로 쓴 선연한 글씨는
온 마음을 다 표현해 그리움이 간절한데, 뜻을 이룰 수 없음을 탄
식하며 밤새도록 잠을 이루지 못했다.

먼동이 틀 무렵 옷을 걸치고 앉아 있는데, 문득 창 밖에 또렷한
발자국 소리가 들렸다. 깜짝 놀라 일어서 보니 이씨 집에 사는 술
장사 노파였다. 이생이 말했다.

"이렇게 일찍 오시다니 참으로 고맙네. 어제 했던 말을 마음속
에 새기고 있겠지?"

노파가 말했다.

"나리의 은근한 정에 보답할 수 있다면야 제가 어찌 한 마디 말
을 아끼겠습니까? 하지만 이 일에는 세 가지 어려움이 있습니다.
순매는 타고난 성품이 깨끗해서 몸은 비록 천하지만 마음은 귀하

---

11 나부羅浮의 꿈: '나부'는 중국 광동성廣東省 증성현增城縣에 있는 산 이름. 수
隋나라의 조사웅趙師雄이란 사람이 나부산의 한 주점에서 미녀를 만나 함께 술을
마시다 잠들었는데, 깨어 보니 주변에 매화나무뿐이어서 미녀가 매화나무의 정령精
靈인 줄 알았다는 고사가 전한다.
12 서묵瑞墨: 중국 강서성江西省 서금瑞金에서 생산되는 최고급 먹.

니, 그 뜻을 빼앗을 수 없다는 것이 첫째 어려움입니다. 순매의 이모 간난이가 술을 좋아하고 색을 밝히며 선한 행실이 적고 악한 행실이 많습니다. 순매의 모든 결정이 오로지 이 여자에게 달려 있어서 순매는 설득할 수 있어도 간난이는 설득할 수 없으니, 이것이 둘째 어려움입니다. 같은 집 여종 복련이는 음탕하고 언변이 좋으며 남의 동정을 잘 살피는 아이입니다. 말이 새어 나가 일이 발각되면 제가 해를 입는 게 많을 테니, 이것이 셋째 어려움입니다.

하지만 세 가지 어려움이 있다 해도 한 가지 어렵지 않은 일이 있습니다. '여섯 글자 공방[13]은 많으면 많을수록 좋다'라는 말이 있지 않습니까? 좋은 술로 간난이의 입을 틀어막고, 재물로 복련이의 환심을 산 뒤에 일을 꾸미면 1할이나 2할쯤은 가능성이 있을 겁니다. 똥골[14]의 방진사方進士는 부유함을, 대묘골[15]의 이상공李相소은 풍류를 내세워 벌써 몇 번씩이나 순매와 인연을 맺게 해 달라고 했습니다만, 저는 말로만 응하는 척했지 단 한 번도 계책을 바친 적이 없습니다. 그러나 나리가 진실한 군자라는 걸 제가 잘 알

---

13 여섯 글자 공방孔方: 상평통보常平通寶의 앞면에는 '常平通寶' 네 글자가 있고, 뒷면에는 주전소鑄錢所를 표시하는 한 글자와 천자문 또는 오행五行의 한 글자가 있기에 '여섯 글자'라고 했다. '공방'은 돈의 별칭.
14 똥골: 원문은 "東谷"으로, 지금의 서울 종로구 관철동과 종로2가에 걸쳐 있던 마을. 거리가 몹시 더럽다고 해서 '똥골'이라 불렀다.
15 대묘골: 원문은 "廟洞"으로, 지금의 서울 종로구 묘동 일대. 종묘宗廟 부근의 마을이기에 '대묘골'이라 불렸다.

고 있으니, 제게 약간의 돈만 주시면 나리를 위해 한번 일을 추진해 보겠습니다."

"그야 어렵지 않지. 애써 주게."

이생은 즉시 돈을 꺼내 주며 재삼 신신당부해서 보냈다.

며칠 뒤 노파가 다시 와서 물었다.

"순매의 은 노리개를 나리가 저당 잡아 두셨다던데, 그렇습니까?"

"응. 그런데 할멈이 그걸 왜 묻나?"

"순매가 돈이 생겨서 돌려받고 싶어 하니까 알았지요."

"그 노리개를 수단 삼아 한번 만나보고 싶으니, 할멈이 가서 주선해 보게."

노파가 승낙하고 떠났다. 이생은 아름다운 기약이 반드시 이루어지리라 믿어 의심치 않았다.

며칠 뒤 하인이 불쑥 와서 은 노리개를 찾았다. 이생은 머뭇거리다 마땅히 둘러댈 말이 없는지라 낙담해서 노리개를 꺼내 주었다. 신의 없는 노파가 한스러울 뿐이었다.

그날 밤 등불을 켜고 홀로 앉아 있으려니 그리운 마음이 더욱 간절했다. 먼 곳을 뚫어지게 바라봐도 청조[16]는 오지 않고, 고개 돌려 남전을 봐도 옥 절구는 자취조차 없었다.[17] 기지개를 켜고 한숨

---

16 청조靑鳥: 신선 세계에서 소식 전하는 일을 한다는 새.

17 남전藍田을 봐도~자취조차 없었다: '남전'은 중국 섬서성陝西省 남전현藍田縣

쉬며 몸을 옮겨 승상[18]에 기대어 있는데, 문득 아리따운 여인이 패옥[19] 부딪는 소리를 아름답게 울리며 다가와 고운 입술을 열고 향기로운 말을 했다.

"저는 비천한 여자이거늘, 서방님께선 왜 그리 애태우십니까?"

이생은 기쁘기 그지없어 손을 잡고 반가워했다. 그리워하던 마음을 토로하고는 당장 석류꽃처럼 붉은 치마를 벗겼다. 원앙을 수놓은 베개에 비스듬히 기대어 정이 담뿍 담긴 눈길로 응시하매 가슴속에 품은 정을 다할 수 없었다. 이생은 즉시 순매를 애무하고자 했다. 하지만 한 번 말했으나 응하지 않고, 두 번 불러도 다가오지 않았다. 문득 기지개를 켜며 깨니 남가일몽이었다.

새벽닭이 울고 외로운 등불이 깜박이는데, 아리따운 그 모습이 눈앞에 또렷해서 잊으려 해도 잊을 수 없고, 생각하지 않으려 해도 절로 생각이 났다. 그리하여 이생은 설전[20]을 펼쳐 놓고 붓을 들어 「일념홍」[21] 한 곡조를 썼다.

일대를 말한다. 당나라 때 배항裴航이라는 선비가 운교雲翹라는 부인을 만나 남전현 동남쪽의 남교藍橋에 가면 좋은 배필을 만날 수 있다는 말을 들었는데, 배항이 그 말대로 남교에 가서 옥 절구를 매개로 운영雲英이라는 미인을 만날 수 있었다는 고사를 염두에 두고 한 말.

18 승상繩床: 노끈으로 얽어서 접었다 폈다 할 수 있게 만든 의자.

19 패옥佩玉: 허리에 차는, 옥으로 만든 노리개.

20 설전雪牋: 남원에서 생산된 고급 종이. 몹시 희다고 해서 이런 이름이 생겼다.

21 「일념홍」一捻紅: 송나라 이래로 유행했던 '사'詞의 레퍼토리 중 하나.

끝없는 그리움에
긴 한숨 쉬나니
적막한 봄에 한이 가득하네.
낙수와 무산[22]은 어드멘가?
등불 앞에서 애가 끊어지네.

끝없는 그리움 모두 허사
꿈속에 그리던 일도 모두 허사라네.
꿈에서 깬 뒤 비 오듯 눈물 쏟으니
눈물마다 근심인데
하늘의 별과 달 드문드문 보이네.

이생은 그 뒤로 온 몸과 마음이 오직 순매 한 사람에게 쏠려 하루가 3년처럼 느껴졌고 아름다운 기약이 빨리 이루어지지 않는 것을 한탄했다.

십여 일이 지나 노파가 찾아왔다. 이생은 몹시 반가워하며 함께 차를 마신 뒤 말했다.

"할멈은 중매쟁이의 노고를 아끼지 않겠다고 해 놓고 한번 떠난 뒤로 아무 소식이 없으니, 며칠만 더 지났으면 나를 찾으러 말린

---

22 낙수洛水와 무산巫山: 본서 15면의 주20, 주23 참조.

생선 파는 가게로 와야 했을 거야. 오늘은 진짜 전할 소식이 있어서 왔나?"

노파가 말했다.

"제가 어찌 감히 힘쓰지 않았겠습니까마는 방해되는 것이 있어 아직도 일이 지체되고 있습니다. 서방님의 귀하신 몸이 상할까 황송하기 그지없습니다. 지난번에 은 노리개를 돌려주시라고 했을 때 중간에 제가 개입하지 않은 건 그게 적절한 방법이 아닌 듯해서였습니다. 당사자끼리 해결하게 해서 남들의 의심을 피하고 비밀을 탐지당하지 않게 하기 위해서였지요. 그런데 지금 순매가 급전이 필요해서 또 은 노리개를 저당 잡히고 돈을 빌리고 싶답니다. 그래서 제가 지금 소매에 넣어 왔지요. 나리께서는 그 소원대로 허락해 주셔서 만날 기회를 잃지 마십시오."

이생은 은 노리개를 받아 만지작거리며 손에서 놓지 못하더니, 즉시 약간의 돈을 노파에게 주며 말했다.

"돈 때문에 저당 잡는 게 아닐세. 노리개를 맡아 두는 건 일이 끝내 허사가 되지 않았으면 해서야."

노파는 알겠다고 하고 떠났다. 이생은 노리개를 상자 속에 간직하고 노파가 돌아오기를 기다렸다.

며칠 뒤 노파가 다시 와서 웃으며 말했다.

"일이 성사되겠습니다. 사람이 간절히 바라면 하늘이 반드시 들어 주나 봅니다. 제가 열심히 혀를 놀려 이해득실을 한참 설명했는데, 나리께서 전후로 은근한 정을 보이신 일을 순매가 듣고 흔쾌히 허락하더군요. 하늘이 정한 인연이 바로 여기 있다는 걸 알겠습니다. 아무 날 밤을 틈타 제가 나리를 모시러 올 테니, 나리께선 그날만 손꼽아 기다리시면 됩니다."

이생이 기쁨을 이기지 못하고 당장 큰 술잔에 술을 따라 치하하니 노파가 작별하고 떠났다. 그 뒤로 이생은 노파가 부르러 오기만을 간절히 기다렸다.

하루는 이생이 교외에 볼 일이 있어 아침에 집을 나갔다가 이틀 밤을 묵고 돌아오는데 노파가 길에서 이생을 맞으며 말했다.

"애석하고도 애석합니다! 어젯밤 순매가 틈을 엿보아 찾아왔기에 그 즉시 나리를 모시러 갔더니 나리께선 출타 중이시더군요. 좋은 인연을 그르쳤으니, 애석하고 애석합니다! 순매는 저와 함께 술 몇 잔을 마시며 밤새 정답게 시간을 보냈으나, 하룻밤을 헛되이 보내 운우의 깊은 약속과 원앙새의 좋은 꿈이 끝내 허사로 돌아갔으니, 어찌 애석한 일이 아니겠습니까!"

이생은 그 말을 듣고 정신이 아득해져 마치 깊은 낭떠러지에서 떨어지는 기분이었다. 이생은 노파에게 다가가 사과하며 말했다.

"여러 날 동안 애써 주었는데, 끝내 허사가 되고 말았군. 지난 일을 생각해 봐야 마음만 상할 뿐이니, 앞으로 다시 만날 기약을 맺는 일만 도모해 보세. 한 번 더 애써서 내 마음이 새카맣게 타들어 가지 않게 해 주게."

노파가 알겠다고 하고 떠났다.

시간은 쏜살같이 흘러 가을도 다 가고 다시 한겨울이 찾아와 삭풍이 매섭게 불고 펄펄 눈이 내리니, 때는 바야흐로 섣달 그믐밤이었다. 이생이 난간에 기대어 먼 곳을 바라보고 있자니 근심으로 마음이 녹아내렸다. 그때 문득 노파가 다가와 귓속말을 했다.

"순매가 저희 집에 와서 오래 전부터 나리를 기다리고 있습니다."

이생은 미칠 듯이 기뻐하며 문을 나서 노파의 뒤를 따라갔다.

이때는 초경初更(저녁 8시 무렵)이라 창문이 적막하고 외로운 등불만 깜박이고 있었다. 이생이 잰걸음으로 황급히 가서 문을 열고 순매를 마주하니 기쁘기 그지없었다. 두 손을 꼭 잡은 뒤 치마를 끌어 쥐며 말했다.

"매梅야! 매야! 어쩌면 이리도 무정하단 말이냐? 근심걱정으로 내 애간장이 마디마디 끊어지고 마음이 몇 번이나 재가 되었거늘, 다행히도 천묘의 불[23]이 되지 않아 오늘 만나게 됐구나. 하늘이 잠

---

23 천묘祆廟의 불: '천묘'는 천교祆教, 곧 조로아스터교의 화신火神을 제사지내는 사원이다. 다음의 고사가 전한다: 촉蜀나라 공주가 유모의 아들인 진생陳生이 자신을 짝사랑한다는 말을 듣고 천묘에 행차할 때 잠시 만나기로 약속했는데, 공주가 천묘에 들어가 보니 진생이 공주를 기다리다 잠들어 있기에 옥반지를 진생의 품속에 두고 떠났다. 진생이 잠에서 깨어나 공주가 이미 들렀다가 떠난 것을 알고는 분노의 기운이 변하여 온몸이 불덩이가 되더니 천묘를 다 불태웠다. 『대동운부군옥』大東韻府群玉에 실린 「심화요탑」心火繞塔의 지귀志鬼 이야기가 이와 비슷하다. 지귀 이야

간 틈을 주어 사람의 소원을 이루어 주었으니, 나는 지금 죽는다 한들 아무 여한이 없다. 할멈의 한 줄기 기쁜 소식이 안개와 구름이 낀 것 같던 내 마음을 열어 주니, 경장[24]이 가슴속을 깨끗이 씻고 금비[25]가 눈 속의 막을 없애 주는 것 같구나. 허다한 날의 허다한 정을 말로 이루 다 표현할 수가 없다."

순매가 옷깃을 여미고 대답했다.

"서방님이 저를 사랑해 잊지 않으신다는 걸 저 역시 잘 알고 있었습니다. 목석같은 마음이라 한들 어찌 감동하지 않겠습니까? 하지만 서방님께는 부인이 계시고, 저 또한 남편이 있거늘, 진나부[26]의 지조를 한스럽게도 지키지 못하고, 탁문군[27]이 스스로 배필을 택한 행실을 원했습니다. 마음이 간절했으나 서방님을 이렇게 만나기 전까지는 서방님께서 저를 욕하며 멀리하지 않으실까 싶어 감히 얼굴을 들어 아양 부릴 생각도 못했습니다. 그럼에도 보잘것없는 제가 외람되이 나리의 사랑을 받게 되어, 만단으로 한결같이 저

기의 원 출전은 『수이전』殊異傳이다.

24 경장瓊漿: 신선이 마신다는 음료.

25 금비金鎞: 고대 인도에서 맹인의 각막 위에 덮인 막을 긁어내 눈이 보이게 하는 데 쓰던 작은 칼.

26 진나부秦羅敷: 본서 14면의 주16 참조.

27 탁문군卓文君: 한나라 때의 부호富豪 탁왕손卓王孫의 딸. 일찍이 과부가 되어 친정에 머물다가 그곳에 들른 사마상여司馬相如가 거문고를 타며 유혹하자 그날 밤 함께 달아났다.

를 마음에 두고 생각하시니, 그 뜻을 저버릴 수 없어 어쩔 수 없이 따르는 것입니다. 얌전한 여인의 기다림[28]이 있습니다만, 실은 진수를 건넌다는 혐의[29]가 크다 할 것입니다."

마침내 두 사람이 사랑의 정을 다 토로하고 나니 노파가 술과 안주를 준비해 올렸다. 이생이 술 몇 잔을 마시자 살짝 홍조가 오르면서 얼굴에 봄바람이 가득했다. 이생이 순매에게 장난삼아 말했다.

"은 노리개 하나가 처음에는 하인을 통해, 나중에는 할멈을 통해 바라지도 않았는데 제 스스로 내 손에 굴러들어 왔고, 나중에는 구한 결과 다시 내 수중에 들어왔다. 먼저든 나중이든, 빠르든 더디든, 하룻밤의 아름다운 인연을 만들어 낸 건 바로 이 은 노리개니, 생각건대 이 물건은 네가 나를 만나기 위한 예물인 듯싶다. 이제 우리가 만났으니 내가 네게 보내는 예물로 삼으면 좋지 않겠느냐?"

이생은 즉시 주머니에서 은 노리개를 꺼내 순매의 옷고름에 달아 주고 거듭 만지작거리며 낭랑한 소리로 기쁘게 웃었다.

---

28 얌전한 여인의 기다림: 『시경』詩經 패풍邶風 「정녀」靜女의 "얌전한 아가씨 어여 뻐라/성 모퉁이에서 나를 기다리네/사랑하지만 만나지 못해/머리 긁적이며 머뭇거리네"(靜女其姝, 俟我於城隅. 愛而不見, 搔首踟躕)라는 구절에서 따온 말.

29 진수溱水를 건넌다는 혐의: 『시경』 정풍鄭風 「건상」褰裳의 "그대가 나를 사랑하고 그리워하면/치마를 걷고 진수를 건너리라"(子惠思我, 褰裳涉溱)라는 구절에서 따온 말로, 음탕한 여자의 사통을 뜻한다. '진수'는 춘추시대 정鄭나라의 강 이름.

순매가 말했다.

"서방님의 정성스런 뜻을 저버릴 수 없어 잠시 틈을 내 약속을 지켰습니다. 하지만 심연深淵 앞에 선 듯하고, 바늘방석에 앉은 듯하며, 마음은 낚시에 걸린 물고기 같고, 몸은 총소리에 놀란 새 같아서 한순간도 마음을 놓지 못하겠습니다. 사나운 남편은 잠시 집에서 지내다가 지금 정승 댁 차인[30]이 되어 야간 통행금지[31]에 구애되지 않으니, 만일 제 꽁무니를 밟아 여기에 찾아온다면 장차 헤아릴 수 없는 재앙이 일어날 겁니다. 속히 집으로 돌아가 다음 기약을 도모하는 게 좋을 듯합니다."

이생이 말했다.

"네가 여기까지 왔거늘 이 좋은 밤을 헛되이 보낼 수 없다. 아무리 어려운 일이 있다 한들 할멈에게 방책이 있을 테니, 염려 말아라. 몇 잔 더 마시며 즐거움을 다하자꾸나."

그러고는 치마끈을 풀고 손을 놀려 순매의 몸을 더듬으며 애무하니, 희고 부드러운 가슴은 출렁거리고, 옥 같은 살결은 보들보

---

30 차인差人: 본래 각 관아에 소속되어 잡일을 하는 사람이나 남의 가게에서 장사 일에 시중드는 사람을 이르는 말인데, 여기서는 재상가 겸인傔人(청지기)과 비슷한 부류의 사람을 가리키지 않나 한다. 조선 후기에 벌열가의 겸인은 주인의 세력에 기대어 경아전京衙前으로 진출하곤 했다. 순매 남편은 원래 상인이었으나 수완이 있어 정승 댁 차인이 된 것으로 보인다.

31 통행금지: 조선 시대에는 매일 밤 10시 무렵 스물여덟 번 종을 쳐서 야간 통행금지를 알리고, 새벽 4시 무렵 서른세 번 종을 쳐서 통행금지를 해제했다.

들해서 범하기 어려웠다. 일진일퇴를 거듭하며 천 번 만 번 희롱하
자[32] 문득 구름처럼 풍성한 검은 머리가 기울고 흰 뺨이 발그레 달
아올라 양대陽臺의 꿈이 바로 여기 있는 듯했다.

바로 그 순간 누군가 대문을 두드리며 큰소리로 외쳤다.

"매梅야, 어디 있니?"

아름다운 기약이 어찌 될지 궁금하다면 다음 회를 보시라.

---

32 회고 부드러운~만 번 희롱하자: 『금병매』 제4회에서 따온 표현.

제2회

한 쌍의 원앙새는 두 번 만남의 꿈이 깨어지고
한 마리 난새[1]는 스스로를 중매해 석 잔 술을 마시다

남화자는 말한다.

"순매는 스스로 약속을 지키고, 노파는 스스로 이생을 불렀다. 이생이 순매를 기다리면 순매가 오고, 순매가 이생을 기다리면 이생이 왔다. 이렇게 위아래가 서로 조응하고 앞뒤가 서로 대응한다.

순매는 노리개를 저당 잡힌 인연이 있고, 이생은 노리개를 주면서 기약을 맺었다.

'청천'青天과 '백천'白天을 들먹이며 어렵다는 말을 반복하고, '파교'[2]와 '유령'[3]을 들먹이며 '매'梅라는 말을 반복했다.

1 　난새: 간난을 말한다.
2 　파교灞橋: 중국 서안西安 동부에 있던 다리 이름. 당나라 때 애절한 이별의 장소로 유명했는데, 주변에 납매臘梅(섣달에 노란색 꽃이 피는 나무)가 많았다.
3 　유령庾嶺: 중국 강서성江西省 대유현大庾縣에 있는 산 이름. 산에 매화나무가 가득해서 '매령'梅嶺이라고도 불린다.

순매가 한 대보름날의 약속은 정성스럽고 간절했으며, 노파가 한 한식·청명⁴의 기약은 의심의 여지없이 뚜렷했다. 그러나 노파가 아프고 순매가 아픈 것이 혹 앞서거니 뒤서거니 했다.

노파가 도중에 문득 주선을 거절했으나, 이생은 노파의 주선이 끊어진 뒤에도 여전히 노파를 찾아갔다. 세 가지 어려움이 있다고 하더니 원교근공의 계책⁵을 이루었고, 순매와의 인연을 맺어 주기 위해 문득 뜻밖의 사람을 끌어들였다. 그러니 이생의 신의는 참으로 신실한 선비답고, 이생을 시험해 본 노파는 참으로 꾀주머니답다.

이생은 간난에게 마음이 없었으나 간난은 이생을 마음에 두었다. 노파는 뜻이 있기도 하고 없기도 하며, 유심有心하기도 하고 무심無心하기도 하니, 이른바 '낙화는 정을 두어 물 따라 흐르건만, 흐르는 물은 낙화를 그리워하는 맘이 없네'⁶라는 말과 같다."

이때 문에서 순매를 부르던 이는 다른 사람이 아니라 바로 순매

---

4   한식寒食·청명淸明: '한식'은 동지冬至로부터 105일째 되는 날로, 설날·단오·추석과 함께 4대 명절의 하나였다. '청명'은 24절기의 하나로, 한 해의 농사를 시작하는 중요한 날로 여겼다. 한식과 청명 모두 양력 4월 5일경이다.
5   원교근공遠交近攻의 계책: 멀리 떨어진 쪽과 동맹을 맺고 가까운 쪽을 공격하는 계책.
6   낙화는 정을~맘이 없네: 『금병매』 제2회에 나오는 말.

의 이모인 간난이었다. 순매가 깜짝 놀라 일어나서 문을 열고 나가
자 간난이 면전에서 질책했다.

"네 남편이 좀 전에 돌아와 네가 집에 없으니까 앞뒤 이웃집에
물어보러 다니던데, 네 종적이 묘연하다 하더라. 그래서 지금 내가
너를 찾아 여기까지 왔다. 얼른 돌아가야 한다."

순매가 소리를 낮춰 말했다.

"할멈이 떡을 쪄 주겠다며 있다 가라고 하도 간곡히 말해 조금
늦어졌어요. 이모님은 이상하게 생각하지 마세요."

두 사람은 함께 날듯이 떠났다.

순매와 간난이 완전히 집 밖으로 나간 듯하자 노파가 숨을 헐떡
이며 급히 안에서 뛰어나와 말했다.

"서방님, 서방님! 일이 이리 됐으니 어쩌면 좋습니까? 간난이
는 영리한 이라 방 안에 다른 사람이 있다고 의심했을 겁니다. 더
추궁하지 않은 건 볼일이 지체될까 걱정해서일 겁니다. 지금 만약
간난이가 순매의 남편을 종용해서 들이닥친다면 재앙이 일어날 겁
니다. 나리께선 어서 자리를 피하셔서 뜻밖의 일을 막는 게 좋겠습
니다."

이생은 아름다운 만남 중에 헤어지게 되자 한참 동안 바보처럼,
흙으로 빚어 놓은 인형처럼 멍하니 앉아 있었다. 급기야 노파의 말
을 들으니 화란禍亂까지 더할 듯했다.

뜰 앞으로 걸어 나오니 거리에는 벌써 3경(밤 12시 무렵)을 알리

는 북소리가 울렸고 하늘에는 별들이 반짝였다. 이생은 통행금지를 어기고 노파를 따라 문을 나섰다. 집들을 따라 담을 돌아 빠른 걸음으로 집에 오니 문은 아직 잠겨 있지 않았다.

중당[7]으로 가서 불을 밝히고 우두커니 앉아 생각해 보니 조금 전의 사단이 모두 한바탕 꿈속의 일인 듯 아득하게 느껴졌다. 만나기 전에는 그리움이 매우 간절했고, 만난 뒤에는 미칠 듯이 기뻤다. 그러나 문득 헤어지고 나니 근심걱정에 두려운 마음까지 더해졌다. 호랑이 굴에 들어갔다 와서 통행금지까지 어기고 만 것이다. 생각이 여기에 이르자 저도 모르게 겁이 났다. 이제 좋은 기약은 문득 뜬구름이 되어 버렸다. 억지로 마음을 누그러뜨리고 잊어 보려 했지만 그럴 수도 없었다. 그리하여 문방사우를 꺼낸 뒤 4운시[8] 한 편을 지어 그리운 정을 토로했다.

정다운 만남에 정녕 선녀인가 싶었거늘
이별하니 거문고 시울이 끊어진 듯 서글프네.
뜻이 있어 연리지[9] 이루고자 했거늘
다정해도 병두련[10] 되기 어려워라.

7 중당中堂: 집 중앙에 있는 방.
8 4운시: 여덟 구句로 이루어진 한시 형식.
9 연리지連理枝: 뿌리가 다른 두 그루의 가래나무 가지가 서로 붙어 하나가 된 것. 흔히 금슬이 좋은 부부를 일컫는 말로 쓴다.
10 병두련竝頭蓮: 한 줄기에 두 개의 꽃이 피는 연. 금슬 좋은 부부를 일컫는 말로

뽕나무 밭의 약속[11]이 쉽다고 말하지 말라
월하노인[12]이 맺어 준 인연 헛되이 저버렸네.
서글퍼라 그리운 그대
시름 속에 의연히 고운 님을 꿈꾸네.

시를 다 쓰고 이부자리에 누웠다. 눈을 감으면 순매의 모습이
문득 눈앞에 있었다. 산처럼 바다처럼 큰 정을 만분지일도 펴지 못
했으니 입에서 쯧쯧 탄식하는 소리가 절로 났다. 그렇게 며칠을 애
써 견뎠다.

하루는 이생이 노파를 찾아가니 노파가 맞이하며 말했다.

"지난번 일은 위기일발이었지만 다행히 들키지 않았습니다. 조
금 전에 순매를 만났더니, 나리를 한번 뵈었으면 하더군요. 그래서
제가 마침 나리를 모시러 가려던 참이었는데, 나리께서 청하기도
전에 제 발로 오셨으니 '기미를 보고 행동한다'[13]고 이를 만하네

쓴다.
11 뽕나무 밭의 약속: 『시경』 용풍鄘風 「상중」桑中에서 유래하는 말로, 음란한 남
녀의 떳떳하지 못한 밀회를 뜻한다.
12 월하노인月下老人: 주머니 속에 붉은 실을 가지고 다니다가 두 가닥을 묶어 각
각의 실에 해당하는 남녀에게 부부의 인연을 맺어 준다는 신神.
13 기미를 보고 행동한다: 『주역』周易 「계사 하」繫辭下의 "군자는 기미를 보고 즉
시 행동하니 하루가 가기를 기다리지 않는다"(君子見幾而作, 不俟終日)라는 구절에
서 유래하는 말.

요. 지금 잠깐 여기 앉아 계시면 제가 달려가서 순매에게 이야기하겠습니다."

그러고는 즉시 달려갔다. 이생은 홀로 창가에 기대어 한참 동안 목을 빼고 기다렸다.

이윽고 발소리가 멀리서부터 차츰 가까워지더니 순매가 문 앞에서 웃음 지으며 걸어 들어왔다. 반쯤 낡은 녹색 얇은 적삼을 걸치고, 연한 남색 치마를 허리에 둘러, 천연의 미모가 한층 더 사랑스러웠다. 이생은 순매를 뚫어져라 보며 떨어지지 못하더니, 이윽고 일전의 위태롭던 순간을 자세히 말해 주었다. 순매가 말했다.

"한집에 사는 사람들에게 의심받았지만 그날이 그믐날인지라 떡을 먹으러 갔다고 둘러대서 일단 무마됐어요. 오늘 만남도 주위 이목이 두렵지만 잠깐 뵙고 지난번에 놀라서 헤어지게 된 곡절과 제 곡진한 정을 말씀드리려고 해요. 이달 21일이 주인댁 기일忌日입니다. 그날 밤에 틈을 봐서 나올 테니, 서방님께서는 부디 저버리지 마시고 여기 먼저 와서 저를 기다려 주세요."

이생도 거듭 간절히 약속하고 몹시 아쉬워하며 헤어졌다. 이생은 노파와 작별하고 집으로 돌아온 뒤 손가락을 꼽으며 약속한 날을 기다렸다.

드디어 그날이 되어 노파의 집에 가니 노파가 웃으며 말했다.

"순매를 만나기가 이리도 어렵군요! 촉蜀 땅으로 가는 길이 험난해서 청천靑天에 오르기보다 어렵다더니,[14] 지금 순매를 만나기 어려운 게 백천에 오르기보다 어렵군요."[15]

이생이 놀라 말했다.

"무슨 말인가?"

"제가 지금 순매의 집에서 오는 길입니다. 순매 남편이 만취해 돌아와 미치광이처럼 주정을 하고 있어서 순매가 눈짓으로 저를 가라고 합니다. 오늘밤의 약속이 또 이루어지지 못했으니, 어쩌면 좋겠습니까?"

이생은 한숨을 쉬며 돌아왔다.

하루는 이생이 난간에 기대어 객客과 이야기를 나누고 있는데, 노파가 난간 앞을 두드리고 지나가면서 눈짓을 하고 갔다. 이생은 무슨 뜻인지 눈치채고 즉시 의관을 차려입은 뒤 노파의 집으로 갔다. 순매가 벌써 방 안에 와서 기다린 지 오래였다. 이생이 다가가 순매의 손을 잡고 한숨 쉬며 말했다.

"넌 대체 무엇이길래 대장부의 애간장을 다 도려내느냐! 약속 해 놓고 오지 않을 거라면 애당초 만나지도 말고 약속도 하지 않는 게 낫지. 넌 대체 무엇이고 어떤 사람이란 말이냐! 장차 나를 북망산[16]의 넋이 되게 하려는 게냐? 장차 나를 황천의 한을 품은 사람

---

14 촉蜀 땅으로~오르기보다 어렵다더니: 이백의 시 「촉도난」蜀道難에서 따온 구절. '촉 땅'은 지금의 사천성四川省 일대.

15 백천白天에 오르기보다 어렵군요: '백천'은 '서천'西天이니, 극락왕생하기보다 더 어렵다는 뜻의 농담이다.

16 북망산北邙山: 중국 하남성河南省 낙양洛陽 북쪽에 있는 산 이름. 후한後漢 이

이 되게 하려는 게냐? 산더미 같은 갈망이 내 가슴속에 1천 층 불길을 만들어 심장과 허파를 벌써 다 태워 버렸다. 네가 기사회생시켜 주지 않으면 나는 다시 일어나 사람으로 살 날이 없을 게다. 제발 나를 가련히 여겨 다오!"

순매가 감동한 얼굴로 대답했다.

"제가 서방님을 그리는 마음으로 미루어 서방님이 저를 사랑하시는 마음을 알겠습니다. 비록 천한 신분이지만 제게도 인성人性이 있어 서방님께서 저를 사랑하는 정을 모르지 않습니다. 그러나 제가 자유롭지 못한 처지이니 어쩔 수 없습니다.

저는 약질弱質로 용렬한 장사치의 아내가 되어 비록 잠시 동안의 즐거움은 있었으나 늘 타고난 운명을 절절히 탄식해 왔습니다. 그러다 서방님께 사랑을 받게 된 뒤로는 오직 제齊나라를 섬기고픈 마음뿐 초楚나라를 섬길 마음이 문득 사라졌습니다.[17] 매사에 아무 마음이 없고 밥상 앞에 앉아도 밥 먹기를 잊은 채 온 몸과 모든 생각이 오직 서방님 한 분께 가 있습니다.

밝은 달이 창을 비추고 서늘한 바람이 주렴을 흔들 때 은하수

래로 유명 인물들의 묘가 많아, 사람이 죽어 묻히는 곳을 뜻하게 되었다.

17 제나라를 섬기고픈~문득 사라졌습니다: 이생을 섬기고 싶은 마음만 있고 남편을 섬길 마음은 없다는 뜻. 본래 '사제사초'事齊事楚(제나라를 섬길까? 초나라를 섬길까?)라는 고사성어에서 따온 말이다. 사제사초는 춘추시대의 강국인 제나라와 초나라 사이에 끼어 어느 한쪽을 택해서 섬길 수 없던 약소국 등滕나라의 처지에서 비롯된 말로, 중간에 끼어서 이러지도 저러지도 못하는 사정을 뜻한다.

는 또렷하고 옥황상제 계신 곳은 아득한데, 초루[18]의 북소리는 1경이 지나 2경을 알리며, 별당에서는 차가운 다듬이소리가 1천 번을 넘어 1만 번 울립니다. 그때 외기러기도 울기를 그쳐 임 그리는 여인의 마음을 오직 외로운 등불이 비추는지라 긴 한숨을 쉰답니다.[19] 그리움에 애간장이 끊어지고, 떨어져 있음에 눈물 흘리며, 즐거움 없는 이번 생을 한탄하고 다음 생에서 서방님을 모시게 되기를 기원할 뿐입니다.

마음이 활활 타올라 꿈에도 잊지 못하니 몸이 초췌해져 허리띠가 날로 헐거워졌습니다. 단 하루 서방님께 받은 사랑이 제게는 평생의 근심이 되고 말았으니, 은혜는 원한과 짝이 되고 정은 도리어 원수가 됐습니다. 이번 생, 이번 세상에서는 이 한을 씻기 어려우니, 다만 죽어서 개가 되고 말이 되어 서방님의 곡진한 정에 보답하고 싶습니다."

순매는 말을 마친 뒤 소매로 얼굴을 가리고 눈물을 흘렸는데, 버들잎 같은 눈썹 사이에 구름과 같은 원망과 근심이 서리고, 복사꽃 같은 뺨에 사랑의 정이 어렸다.[20] 이른바 "아름다운 밝은 달은 일정한 모습이 없고/흩어지는 엷은 구름은 바람을 견디지 못하네"[21]라고 읊은 것과 같은 모습이었으니, 온갖 아리따운 모습과 낭

---

18 초루譙樓: 성문 위에 세운 망루望樓.
19 밝은 달이~한숨을 쉰답니다: 『금병매』 제59회에서 따온 말.
20 버들잎 같은~정이 어렸다: 『금병매』 제9회에서 따온 말.

창낭창한 자태는 이루 다 적을 수 없다.

이생의 마음속에는 극도의 슬픔과 기쁨이 교차했다. 이생은 가까이 다가가 순매를 어루만져 달랬다. 그때 문득 밖에서 누군가 부르는 소리가 들렸다.

"매 언니, 어디 있어?"

순매가 깜짝 놀라 일어나 손을 뿌리치고 나갔다. 그 사람은 바로 순매의 동생 순덕舜德이었다. 순덕이 물었다.

"언니는 쓸데없이 뭘 하고 있어?"

순매가 말했다.

"한가하던 참에 그냥 와서 이야기나 나누던 중이었지."

그러고는 즉시 동생과 함께 떠났다. 이생은 방 안에서 숨죽인 채 순매가 멀리 떠나기를 기다렸다가 일어나서 서글피 문을 나섰는데, 뭔가 소중한 것을 잃어버린 듯 허탈했다.

세월은 덧없이 흘러 또 섣달 그믐밤이 돌아왔다. 이생은 노파를 찾아가서 말했다.

"올해도 다 저물어 가는데 아름다운 기약이 거듭 어그러지니, 온갖 착잡한 마음을 억누를 길이 없네. 지금 순매에게 줄 물건이 하나 있으니, 할멈이 잠깐 가서 말 좀 전해 주게."

21 흩어지는 엷은~견디지 못하네: 바람에 날아갈 것처럼 연약한 여성의 몸을 형용한 말. 두보杜甫의 시 「강에 내리는 비를 보며 정전설을 추억하다」(江雨有懷鄭典設)에서 따온 구절.

노파가 즉시 분부를 받들어 떠나더니 당장 순매가 노파와 함께 앞서거니 뒤서거니 도착했다. 이생은 뜻밖에 순매를 만나자 뛸 듯이 기뻤다. 즉시 은으로 장식한, 붉은빛의 자그마한 옥 노리개를 주며 말했다.

"이건 청나라의 으뜸가는 점포 물건이다. 은은 순결을 뜻하고, 옥은 윤택을 뜻하니, 낮이나 밤이나 옷고름에 달고 매만지며 제발 내 마음을 잊지 말기 바란다."

순매가 손에 받아 만지작거리며 살펴보니 지극히 호화롭고 정교하게 만든 노리개로서 녹색과 남색 명주실로 맺은 동심결[22] 두 가닥이 달려 있었다. 순매는 옷섶에 간직하고 감사해 마지않더니 일어나 작별하며 말했다.

"묵은해의 묵은 약속은 이미 허사가 되었지만, 새해의 새로운 정은 분명히 기약할 수 있을 겁니다. 서방님, 부디 상심하지 마세요."

순매는 이생에게 새해에 복 많이 받으시라 하고는 훌쩍 떠났다. 이생은 긴 한숨을 쉬고 한을 품은 채 돌아왔다. 그날은 섣달 그믐 밤이었다.[23] 집집마다 도부를 바꿔 걸고, 폭죽을 터뜨려 묵은 것을

---

22 동심결同心結: 부부나 연인 사이에 서로 마음이 변하지 않기를 맹세하기 위해 짓는 실매듭.

23 그날은 섣달 그믐밤이었다: 앞에 "세월은 덧없이 흘러 또 섣달 그믐밤이 돌아왔다"라는 말이 나온 바 있기에 이 구절은 불필요하다. 연문衍文이라 할 것이다.

없앴으며, 토우土牛를 부수고, 알록달록한 제비 장식을 달아 복을 비니,[24] 바로 갑인년(1794) 새해였다. 이생이 노파를 찾아가 물었다.

"그믐날 순매를 만났을 때 대보름날 밤에 만나기로 굳고 굳게 약속했네. 할멈이 가서 사정이 어떤지 알아봐 주게."

노파가 갔다가 금방 돌아와 말했다.

"보름날에 약속대로 만나겠답니다."

이생은 그 말을 믿고 기뻐하며 손꼽아 약속 날짜를 기다렸다.

이때 임금께서 화성[25]에 행차하셨다가 서울로 돌아오셨다. 그날이 마침 대보름날이었지만,[26] 통행금지가 매우 삼엄해서 놀러 나온 백성들이 일찍 귀가했다. 이생은 혹시 일이 여의치 않을까 걱정하

---

24 집집마다 도부桃符를~복을 비니: 묵은해를 보내고 새해를 맞이하는 풍속. '도부'는 복숭아나무로 만든 판자에 악귀惡鬼를 막는 두 신神 신도神荼와 울루鬱壘를 그린 부적으로, 섣달 그믐날 대문 곁에 도부를 새로 걸어 잡귀가 범접하지 못하게 하는 풍습이 있었다. 폭죽을 터뜨리는 일 역시 그믐날 악귀를 쫓는 의식이다. 한편 그믐날이나 입춘 때 토우土牛(흙으로 빚은 황소)를 만들어 문 밖에 내놓아 겨울의 추운 기운을 내보내는 의식이 있었고, 입춘 때 채색 비단을 오려 만든 제비 장식을 머리에 꽂아 봄을 맞이하는 풍습도 있었다.

25 화성華城: 경기도 수원의 옛 이름. 정조가 장헌세자莊獻世子의 묘를 수원 화산華山으로 옮기고, 수원도호부水原都護府를 화성유수부華城留守府로 승격한 뒤 성곽을 쌓았다.

26 이때 임금께서~마침 대보름날이었지만: 『승정원일기』承政院日記에 의하면 정조는 이 해(1794) 1월 12일 창덕궁을 출발해 13일 부친의 능인 현륭원顯隆園에 머물렀고, 14일 수원부水原府에 머물렀으며, 15일 창덕궁으로 돌아왔다. 한편 당시 풍습이 대보름날에는 '금오불금'金吾不禁이라 하여 이날 하루에 한해 야간 통행금지를 해제했다.

며 약속 시간에 맞추어 노파를 찾아갔다. 노파가 말했다.

"매梅여! 매여! 파교의 납매[27]인가? 유령의 춘매[28]인가? 5월 강성의 낙매[29]인가? 일곱 열매만 남고 다 떨어진 표매[30]인가?[31] 오늘 밤의 약속이 또 어그러졌군요. 제가 힘쓰지 않은 탓은 아닙니다만, 이 일을 어쩌면 좋습니까?"

이생이 말했다.

"중도에 약속을 취소한 이유가 뭔가?"

"백성들이 마음대로 나다닐 수 없는 데다 사나운 남편이 곁에서 지키고 있는지라 형세가 그러니 어쩌겠습니까?"

"하늘에는 보름달이 뜨고 인간세상은 무사태평하거늘, 이 좋은

---

27 파교灞橋의 납매臘梅: '파교'는 중국 서안西安 동부에 있는 다리 이름. 당나라 때 애절한 이별의 장소로 유명했는데, 주변에 납매가 많이 있었다. '납매'는 납월臘月, 곧 섣달에 노란색 꽃이 피는 나무.

28 유령庾嶺의 춘매春梅: '유령'은 강서성江西省 대유현大庾縣에 있는 산 이름. 산에 매화나무가 가득해서 '매령梅嶺'이라고도 불린다. '춘매'는 봄에 피는 매화.

29 5월 강성江城의 낙매落梅: 이백의 시 「사낭중과 함께 황학루의 피리 소리를 듣다」(與史郎中欽聽黃鶴樓上吹笛) 중 "5월 강성에 매화가 지네"(江城五月落梅花)라는 구절에서 따온 말. '강성'은 황학루가 있는 호북성 무한武漢의 별칭. '낙매'는 지는 매화꽃.

30 일곱 열매만~떨어진 표매摽梅: 『시경』 소남召南 「표유매」摽有梅의 "떨어지는 매실이여/그 열매가 일곱이네"(摽有梅, 其實七兮)에서 따온 말로, 난숙해서 떨어진 매실, 곧 '혼기가 지난 여자'를 비유한 말이다.

31 파교灞橋의 납매臘梅인가~떨어진 표매摽梅인가: 이 구절은 판소리의 언어유희와 닮았다. 혹 판소리의 영향이 있을지도 모른다.

밤을 헛되이 보내서야 되겠나? 미인과 맺은 아름다운 약속이 또 뜻대로 되지 않았으니, 장차 나를 서산西山의 아귀[32]로 만들 셈인가?"

노파가 위로했다.

"서방님, 너무 괴로워 마세요. 내달 6일이 한식이잖습니까. 그때 간난이와 복련이가 성묘하러 가기로 해서 순매 혼자 남아 집을 본답니다. 그때 만날 기회를 마련해 볼 테니, 나리께선 부디 기다려 주세요."

이생은 낙담해서 돌아와 한식날이 오기만을 기다렸다.

어느덧 한식이 되었다. 이른바 "청명에 부슬부슬 비가 내리니/길 가는 나그네 넋을 잃겠네"[33]라는 시구에 딱 맞는 시절이었다. 이생이 노파를 찾아가니 노파는 며칠 전부터 앓아누운 상태였다. 이생이 병세를 묻자 노파가 신음하며 대답했다.

"제가 감기에 걸려 며칠간 몸져누워 있느라 순매에게 가서 소식을 묻지 못했습니다. 병이 조금 나은 뒤에 약속을 다시 잡아 볼 테니, 나리께선 조금 기다려 주세요."

이생은 허둥지둥 노파를 위로한 뒤 한탄하며 돌아왔다. 십여 일

---

32 아귀餓鬼: 불교에서, 생전에 계율을 어기거나 탐욕을 부려 아귀도餓鬼道에 떨어진 귀신을 이른다. 몸이 앙상하게 마르고 배가 엄청나게 크나, 목구멍이 바늘구멍 같아 음식을 제대로 먹지 못하므로 늘 굶주림의 고통에 시달린다고 한다.

33 청명淸明에 부슬부슬~넋을 잃겠네: 두목杜牧의 시 「청명」淸明에 나오는 구절.

을 건넨 뒤 다시 노파를 찾아가니 노파가 말했다.

"이젠 병이 나았습니다. 그 사이 한번 순매에게 가 보려 했더니 순매도 병들어 누운 지 며칠 되었다고 하네요. 나리께서 병구완에 쓸 돈을 조금 주시면 제가 가서 사정을 알아보고 오겠습니다."

이생은 당장 약간의 돈을 주었다. 그 뒤로 이생이 몇 번이나 노파의 집에 갔지만 갈 때마다 일이 어그러졌다. 한 달 남짓 지나서 또 노파를 찾아갔더니 노파가 노기 가득한 얼굴로 소리를 지르며 화를 냈다.

"앞으로 다시는 저한테 순매 이야기를 하지 마십시오!"

이생이 말했다.

"지금 무슨 까닭으로 이리 박정하게 구는가?"

"대매大梅고 소매小梅고 간에 나리 때문에 제가 공연히 저 도둑년 간난이와 복련이에게 의심을 받고 있습니다! 나리께서 제 집에 자주 오시는 바람에 소문이 쫙 퍼져 다섯 명이 모이면 그 이야기요, 열 명이 모이면 아주 시끌벅적합니다. 죽을 나이가 다 된 제가 큰 일이든 작은 일이든 뭣 땜에 남에게 이런 의심을 받는단 말입니까? 저는 오로지 나리의 간절한 정성 때문에 미력이나마 보태어 두어 번 만남을 주선했습니다만, 결국 뜻을 이루지 못했으니 하늘이 정한 인연이 여기 있지 않다는 걸 알겠습니다. 차후로는 절대 순매 이야기를 제게 하지 마십시오!"

말을 다 하고 나서도 얼굴에 성난 기색이 가득했다. 이생이 거듭 노파더러 마음을 풀라고 했지만 노파는 전연 그러려고 하지 않았다. 이생은 실의에 빠져 서성이다가 하릴없이 돌아왔다.

바야흐로 늦봄인 3월 보름날이었다. 푸른 버들가지에서 꾀꼬리가 벗을 부르고, 살구꽃 위로 흰나비들이 어지러이 날아다니니, 곳곳마다 난정의 모임[34]이 벌어지고 사람들마다 증점의 유풍[35]을 따랐다. 그리하여 임금께서 규장각 각신[36]들에게 창덕궁昌德宮 동산에서 꽃과 버드나무를 완상하게 하고, 물시계가 초경(저녁 8시 무렵)을 알리자 야금[37]을 푸시니, 도성의 백성들이 모두 뛸 듯이 기뻐하며 구경을 즐겼다. 이생도 친구 두어 사람과 함께 흥이 나서 달빛을 받으며 주루酒樓에서 술을 마셨다. 제5교[38]의 달빛은 낮처럼 환

---

34 난정蘭亭의 모임: '난정'은 절강성浙江省 소흥현紹興縣에 있던 정자 이름이다. 동진東晉의 이름난 선비 41명이 이곳에서 술을 마시며 시를 지어 읊고 그 시들을 묶어 시첩詩帖으로 만들었으며, 왕희지王羲之가 그 서문을 썼다.

35 증점曾點의 유풍遺風: 여럿이 모여 노닐며 시를 지어 읊조리거나 노래하는 일. 공자孔子가 제자들에게 각자 하고 싶은 일을 말해 보라고 하자 증점이 "늦봄에 봄옷이 다 지어지면 갓을 쓴 어른 대여섯 사람, 어린아이 예닐곱 사람과 함께 기수沂水에서 목욕하고 무우舞雩에서 바람을 쐰 뒤 노래하면서 돌아오겠습니다"(莫春者, 春服既成, 冠者五六人, 童子六七人, 浴乎沂, 風乎舞雩, 詠而歸)라고 대답한 데서 유래하는 말.

36 규장각奎章閣 각신閣臣: '규장각'은 정조 즉위년(1776)에 창덕궁 안에 설치되었으며, 조선 역대 임금의 글과 글씨를 보관함은 물론 조선과 중국의 많은 서적을 수장收藏해 학문 활동을 진작하고 문신文臣들의 경세적 역량을 향상시키는 데 기여했다. '각신'은 규장각에 소속된 제학, 직제학, 직각, 대교 등의 직임을 맡은 신하를 이른다.

37 야금夜禁: 통행금지를 이른다. 조선 시대에는 밤 10시부터 통행이 금지되었다.

38 제5교第五橋: 동대문에서 종로 쪽으로 다섯 번째 다리. 조수삼趙秀三의 『추재

했고, 창덕궁 후원後苑에서는 선악[39]이 연주되었다. 이생은 이 풍경을 대하자 마음이 감발되어 순매 생각이 났다. 즉시 친구들에게 작별 인사를 한 뒤 곧장 자기 동네로 가서 노파의 집에 이르렀다. 한밤중이라 사방에 아무 인기척도 없는데, 문을 밀어젖히고 불쑥 들어가자 노파가 깜짝 놀라 물었다.

"나리께서 이 야심한 밤에 갑자기 들이닥치시다니, 무슨 급한 일이 있습니까?"

이생이 말했다.

"할멈을 보지 못한 지 오래라 보고 싶은 마음이 간절해서 왔다네. 특별히 한번 만났으니 한껏 술을 마셔 할멈도 위로하고 내 마음도 위로하려는데, 할멈은 왜 이리 박정하게 대하나?"

노파가 사과하며 말했다.

"나리가 지금 오신 건 초楚나라를 위해서이지 조趙나라를 위한 게 아니거늘,[40] 왜 하필 저를 위해 왔다고 하십니까? 어쨌든 한밤중에 여기까지 오셨으니 어찌 감사하지 않겠습니까."

기이』秋齋紀異에 임희지林熙之가 달밤에 우의羽衣를 입고 제5교에서 생황을 불자 사람들이 신선인가 여겼다는 말이 보인다.

39 선악仙樂: 신선의 풍악. 궁궐에서 연주되는 음악을 이른다.

40 초楚나라를 위해서이지~위한 게 아니거늘: 순매 때문이지 노파를 위해 온 것이 아니라는 뜻. 전국시대 조나라 평원군平原君의 식객 모수毛遂가 진秦나라의 침공이 임박한 조나라를 지키기 위해 초나라 왕에게 합종合縱을 요구하며 한 말이다. 『사기』史記 「평원군·우경 열전」平原君虞卿列傳에 나온다.

노파가 당장 술을 가져와 서로 권하며 마셨다. 이생이 술잔을 멈추고 웃으며 말했다.

"할멈이 전후로 정성스레 애써 준 뜻은 마음과 뼛속 깊이 새기고 있네만 갑자기 중도에 순탄치 않게 됐으니, 연주 도중에 거문고 줄이 끊어지고 강을 건너던 중에 배가 가라앉은 형국이요, 천리마 꼬리에 붙어 가던 파리가 도중에 떨어져 나가고 좁은 땅속의 벌레가 꼬물거려도 하루 종일 아무 공이 없는 격이니, 어찌 애석하지 않겠나? 할멈은 한 번 더 선심을 베풀어 다 죽어 가는 목숨을 좀 구해 주게나."

노파가 한참 생각하다가 대답했다.

"제가 요사이 귀가 먹어서 큰 소리든 작은 소리든 도무지 들리지 않습니다. 나리께서는 다시 한 번 말씀해 주십시오."

이생이 재차 큰 소리로 말하자 노파가 그제야 반쯤 알아듣고 말했다.

"제가 애써 부탁드렸던 게 순매의 '매' 자도 꺼내지 마시라는 것이었지요. 지금 서방님은 과연 제 당부대로 '매' 자를 한마디도 말씀하지 않으셨으니, 서방님은 참으로 믿음직한 선비라 이를 만합니다. 하지만 '매' 자를 들먹이지 않았어도 구구절절 '매'가 깃들지 않은 말이 없고, 말씀 하나하나 '매'를 잊지 않고 계시니, 서방님은 언변 좋은 웅변가라 이를 만합니다. 서방님의 정성스런 마음이 실로 딱하군요. 지금 시험해 볼 만한 계책이 하나 있긴 합니다만 나리께서 허락하실지 모르겠습니다."

이생이 말했다.

"무슨 계책인가?"

노파가 말했다.

"지금 이 계책은 범저가 말한 '원교근공'의 계책[41]이요, 백리해가 말한 '가도취괵'의 계책[42]입니다. 간난이는 눈앞에 술만 보이면 취하도록 마시는데, 그때 무슨 말이든 하면 다 들어줍니다. 제가 간난이를 제 방에 데려다 놓은 뒤 나리를 모시러 가겠습니다. 그러면 나리는 미리 좋은 술과 안주를 마련해 두셨다가 함께 한껏 술

41 범저范雎가 말한 '원교근공'遠交近攻의 계책: 멀리 떨어진 쪽과 동맹을 맺고 가까운 쪽을 공격하는 계책. '범저'는 전국시대 위魏나라 사람으로, 본래 위나라의 대부大夫 수가須賈를 섬겼으나 제齊나라와 밀통한다는 의심을 받아 형벌을 받았다. 이후 겨우 목숨을 건져 진秦나라로 도망가서 장록張祿이라 이름을 바꾸고 진나라 소왕昭王에게 진나라와 멀리 떨어진 나라와 동맹을 맺고 가까운 나라를 공격하자는 '원교근공'의 계책을 바쳐 재상의 지위에 올랐다.

42 백리해百里奚가 말한 '가도취괵'假途取虢의 계책: 다른 나라를 공격하기 위해 길을 빌린다는 명목을 내세워 길을 빌려준 나라를 정복하는 계책. '백리해'는 춘추시대 우虞나라의 신하였는데, 당시 진晉나라에서 우나라 군주에게 후한 폐백을 보내며 '가도취괵', 곧 괵虢나라를 공격하려 하니 길을 빌려 달라는 요청을 했다. 우나라의 신하 궁지기宮之奇는 진나라의 속셈이 실은 우나라를 치는 데 있음을 눈치 채고 그 부당함을 알렸으나 우나라 군주가 듣지 않다가 마침내 우나라가 진나라에 멸망당했다. 백리해는 우나라 군주가 궁지기의 말을 받아들이지 않을 줄 알고 아무런 간언도 하지 않은 채 진秦나라로 떠났다. 이 기록은 『맹자』孟子 「만장 상」萬章上에 보인다. '가도취괵'의 계책은 백리해가 낸 것이 아니므로, 이 대목의 고사 인용에는 착오가 있다.

을 마시며 다정하게 대하면서 약간의 정을 보여주세요. 그러면 간난이는 필시 나리 편이 될 겁니다. 나리께서는 겉으로만 보면 그냥 부드럽게 잘 대해 주는 거지만 실제로는 대청을 빌려 안방으로 들어가는 거랍니다.[43] 간난이는 필시 은혜에 감격할 겁니다. 그렇게 한 뒤에 우리가 바라는 일을 실행하면 일이 혹시 누설되더라도 큰 질책을 받기에 이르지는 않을 겁니다. 이 계책이 어떻습니까?"

이생이 기뻐하며 말했다.

"할멈은 정말 '꾀주머니'라 부를 만하군. 세 치 뱃속에 이토록 변화무쌍한 계교를 간직하고 있으니, 할멈이 만일 삼국시대[44]에 태어났더라면 여자 모사謀士라 불렸을 걸세."

이생은 당장 약간의 돈을 노파에게 주어 술과 안주를 마련할 비용으로 쓰게 하고는 노파와 헤어져 집으로 돌아왔다.

다음 날 이생이 옷과 갓을 털어 말쑥하게 차려입고 노파의 집에 갔다. 노파는 간난과 마주 앉아 낭랑한 목소리로 한창 담소를 나누고 있는 참이었다. 이생이 다가가 모습을 보이자 간난이 말했다.

"나리께서는 다른 사람들과 모여서 술을 드시지 않던데, 웬일로 술집엘 다 오셨습니까?"

이생이 말했다.

---

43 대청을 빌려~들어가는 거랍니다: 간난을 이용해 순매와의 사랑을 이룬다는 말. 앞에서 말한 '가도취괵'과 상통한다.
44 삼국시대: 중국의 삼국시대를 말한다.

"내가 본래 술을 잘 마시지 않지만 너와 마신다면 큰 사발로 열 잔을 준들 사양하지 않느니라."

노파가 즉시 술상을 보아 마루에 올렸다. 이생이 술 한 잔을 마시고 남은 술을 간난에게 주니 간난이 한입에 다 마시고는 즉시 술 한 잔을 가득 따라 이생에게 올렸다. 참으로 "석 잔의 차가 마음을 통하게 하고, 두 잔의 술이 정을 통하게 한다"[45]라는 말에 딱 해당했다. 이생은 잔을 비우고 다시 술을 부어 간난에게 주며 말했다.

"'첫째 잔은 인사주人事酒요 둘째 잔은 합환주合歡酒라'[46]라는 말이 있지 않느냐. 이 잔을 받고 나를 위해 일비지력[47]을 내도록 해라."

간난이 술잔을 든 채 웃으며 말했다.

"저는 온몸을 다해 서방님을 받들려 하는데, 겨우 일비지력이라니 무슨 말씀이십니까?"

노파가 곁에서 눈짓을 하자 이생이 웃으며 말했다.

"내가 많이 취해서 실언을 했으니, 이상하게 생각할 것 없다."

---

45 석 잔의~통하게 한다: 『금병매』 제1회에 나오는 말.
46 첫째 잔은~잔은 합환주合歡酒라: 장자백 창본 「춘향가」와 완판 84장본 「열녀춘향수절가」에 이 말이 보인다. 이몽룡이 밤에 춘향의 집으로 찾아가, 첫날밤을 맞기 전 술을 마시며 한 말이다. '인사'는 상견相見을 뜻한다. 작자는 판소리 「춘향가」를 듣거나 소설 「춘향전」을 읽었던 게 아닌가 생각된다.
47 일비지력一臂之力: 한쪽 팔의 힘. 곧 남을 도와주는 작은 힘.

간난은 더욱 교태를 부리고 아양을 떨었다. 이생이 취한 척하며 돌아가겠다고 하자 간난도 물러갔다. 이튿날 이생이 노파를 만나러 가자 노파가 말했다.

"어제 간난이의 마음이 온통 나리께 가 있었습니다. 나리께서 먼저 도모해 보시지요."

이생이 화를 내며 말했다.

"그 조카를 도모하면서 또 그 이모를 중매하는 건 금수도 하지 않는 짓이야."

노파가 웃으며 말했다.

"농담입니다. 어제 과연 거짓말로 간난이를 꼬드겨 '뒷집 나리께서 낭자를 원하신다'라고 했지요. 그랬더니 간난이가 처음에는 짐짓 거절하더니 나중에는 흔쾌히 승낙하며 이렇게 말하더군요.

'내가 규방의 과부도 아닌데 동쪽 담장 너머의 여인[48]이 된들 무슨 상관이 있겠어요?'

나리께서는 차후에 간난이를 만나시면 반드시 좋아하는 척 꾸미며 간난이가 중간에 낌새를 알아채지 못하게 하셔야 합니다. 그러면 자연히 계략을 이룰 방도가 생길 테니, 부디 일을 그르치지

48 동쪽 담장 너머의 여인: 「등도자호색부」登徒子好色賦에 나오는, 송옥宋玉의 이웃집에 산다는 천하제일의 미녀. 송옥은 호색가라는 참소를 입자 자기 집 동쪽에 사는 절세미인이 3년 동안이나 담장 너머로 자신을 엿보았으나 마음을 허락한 적이 없다고 했다.

말아 주십시오."

이생은 마음에 없이 그렇게 하겠다고 승낙했다.

그 뒤로 간난은 하루도 빠짐없이 노파의 집에 왔으며, 혹 은근한 정으로 이생을 맞이했고 혹 길에서 아양을 부리고 웃으며 이생을 맞이했다. 좋은 일에 마가 낀다고 이생은 이 상황을 괴로워해 마지않았다. 그러자 노파가 말했다.

"이 계책이 좀 뭣하기는 해도 은폐하는 계책으로는 이보다 나은 게 없습니다. 낮에는 방법이 없지만 밤에는 틈이 많을 테니, 제가 일을 도모해 보겠습니다. 나리께서는 조금도 염려하지 마세요."

어느 날 노파가 이생에게 말했다.

"내일 새벽종이 울리면 순매가 약속을 지키러 반드시 올 겁니다. 나리께선 종이 울리자마자 오십시오."

이생은 재삼 당부하고 돌아왔다.

그날 밤 이생은 옷을 걸친 채 등불을 밝히고 5경(새벽 4시 무렵)이 빨리 오지 않는 것을 한탄했다. 한잠도 자지 않은 채 마음이 어수선해 시집을 꺼내 몇 편을 낭랑히 읊조렸다. 그러고는 「계지향」[49] 한 곡조를 지었다.

　　　　달처럼 꽃처럼 어여쁜 얼굴 가련도 해라

---

49 「계지향」桂枝香: '사'詞의 레퍼토리 중 하나.

청춘은 스무 해를 넘지 못하니.

구름처럼 풍성한 검은 머리

아름다운 붉은 입술.

애석해라, 천한 신분으로 태어났으니

다른 남자에게 시집가

헌 것을 버리고 새 것을 따름이 어떠리?[50]

새벽 귀뚜라미 소리에 놀라 잠 깨어

짝 잃은 원앙새 보고 눈물 흘리네.

가물거리는 등촉에 잠 못 이루며

새벽녘에 길이 한스러워하네.[51]

사뿐한 걸음걸이 볼 수 없는데

아름다운 목소리만 부질없이 기억하네.[52]

겹겹의 문과 첩첩 산으로도

근심 오는 길을 막지 못하네.

이윽고 새벽닭이 울고 파루[53]를 알리는 종소리가 멀리서 그쳤다.

---

50 달처럼 꽃처럼~따름이 어떠리: 『금병매』 제61회에서 따온 말.

51 새벽 귀뚜라미~길이 한스러워하네: 송나라 진관秦觀의 사詞「보살만」菩薩蠻에서 따온 구절.

52 사뿐한 걸음걸이~부질없이 기억하네: 송나라 서부徐俯의 사詞「복산자卜算子-천생백종수天生百種愁」에서 따온 구절.

53 파루罷漏: 5경 3점五更三點에 쇠북을 서른세 번 쳐서 통금을 해제하던 일.

이생이 옷을 걸쳐 입고 재빨리 노파의 집으로 가니 노파가 불을 밝힌 채 기다리고 있었다. 이생이 방으로 들어가서 물었다.

"순매는 아직 안 왔나?"

노파가 말했다.

"꼭 오겠다고 했습니다. 종소리가 이제 막 그쳤으니, 나리께선 잠시 기다리십시오."

이생이 문에 기대서서 목을 빼고 기다렸지만 순매는 그림자도 보이지 않았다. 바라보는 눈이 뚫어지려 하고, 근심으로 애간장이 말라붙으려 했다. '대인난 대인난'[54]이라는 말이 있거니와 오늘밤의 기다림은 특히나 힘들었다.

이생이 술을 한 잔 마시며 마음을 누그러뜨리고 있는데, 문득 창밖에 문 두드리는 소리가 났다. 어둠 속에서도 어여쁜 목소리, 반가운 음성을 분변할 수 있었다. 반가움에 급히 뛰어나가 문을 열고는 순매를 껴안고 함께 들어왔다. 이생은 자리에 앉기도 전에 순매와 한 덩어리가 되어 연신 웃으며 말했다.

"매야, 매야! 어쩌면 이리도 신의가 없단 말이냐? 네가 조금만 더 늦게 왔더라면 내가 병이 나서 죽었을 게다. 천상이냐? 인간세계냐? 어딜 갔다가 지금에야 온단 말이냐?"

순매가 말했다.

---

54 대인난待人難 대인난待人難: '사람을 기다리기가 어렵다, 사람을 기다리기가 어렵다'라는 뜻. 『청구영언』에 실린 사설시조에 이 말이 나온다.

"지나간 일을 말해 봐야 무슨 소용이 있겠습니까. 오늘 새벽에 온 건 약속을 지키기 위해서이니, 서방님께 걱정을 끼치지 않으려고 해서예요. 동료들이 거의 낌새를 알아차렸고 게다가 이미 동이 텄으니 남들이 엿들을까 봐 두렵습니다. 반드시 내일 새벽닭이 울 때 몸을 숨겨 이리로 올 테니, 서방님께서는 먼저 와서 기다려 주세요."

순매는 즉시 황망히 작별 인사를 했다. 이생은 형세상 어쩔 도리가 없어 한숨으로 순매를 떠나보내며 말했다.

"내일은 절대 오늘 새벽 같아서는 안 된다."

순매가 고개를 끄덕이고 떠났다.

그날 밤 이생은 또 몸을 뒤척이며 잠을 이루지 못했다. 밤이 깊어 잠시 잠들었다가 깜짝 놀라 일어나 보니 동녘이 벌써 훤했다. 노여움과 원망에 가득 차서 문을 열고 보니 "동이 튼 게 아니요/달빛이어요"[55]라는 데 해당했다.

이생은 뜰에 나와 거닐며 편안히 서성이다 저도 모르게 흥이 나서 당장 천천히 걸음을 옮겨 곧장 노파의 집으로 향했다. 달빛이 꽃을 감싸고 바람이 버들잎을 살랑였으며, 이웃집 개가 한가로이 짖고, 파루를 알리는 거리의 종소리가 아직 들려오고 있었다. 이생은 잠시 처마 아래에서 쉬다가 이윽고 새벽닭이 울고 통금이 해제

---

55 동이 튼~달빛이어요: 『시경』 제풍齊風 「계명」雞鳴에 "동이 튼 게 아니라/달이 나와 밝은 거예요"(非東方則明, 月出之光)라는 말이 있다.

되자 문 앞으로 가서 노파를 불렀다.

"자는가?"

노파가 나와 맞으며 말했다.

"나리! 나리! 어젯밤에 불이 났습니다."

이생이 놀라 말했다.

"그게 무슨 말인가?"

노파가 웃으며 말했다.

"나리, 잠시 앉으세요. 제가 자세히 말씀드리겠습니다."

불이 났던 사정이 궁금하거든 다음 회를 보시라.

제3회

늙은 이생이 젊은 순매와 관계를 맺고
자신을 중매한 간난이 도리어 마귀가 되다

남화자는 말한다.

"월하노인이 붉은 실로 남녀의 인연을 맺어 준다는 이야기가 책에 실려 있는데, 그중 이런 구절이 있다.

'삼생三生에 인연이 있으면 만 리 밖에 떨어져 있고 신분의 귀천이 현격히 달라도 반드시 만나게 된다.'

이 말은 과연 사실일까?

소사와 농옥,[1] 배항과 운영,[2] 사마상여와 탁문군,[3] 한수와 가녀[4]

---

1 소사蕭史와 농옥弄玉: '소사'는 춘추시대 때 퉁소를 잘 불던 사람이고, '농옥'은 진秦 목공穆公의 딸이다. 두 사람이 혼인하여 소사가 농옥에게 퉁소를 가르쳐 주었는데, 두 사람이 퉁소를 불면 봉황이 날아오곤 했고, 어느 날 두 사람은 그 봉황을 타고 하늘로 올라갔다는 고사가 있다.
2 배항裴航과 운영雲英: 당나라 배형裴鉶이 지은 전기소설 「배항」裴航의 남녀 주인공. 당나라의 선비 배항이 운교雲翹라는 부인을 만나 남교藍橋에 가면 좋은 배필

같은 이들이라면 모두 풍류 세계의 화제가 되기에 충분하다. 그밖에도 하늘이 맺어 준 인연이든 사람이 맺은 인연이든 남녀의 기이한 만남은 이루 다 적을 수 없을 정도로 많다. 정말 원래 정해진 인연이 있기에 그런 걸까? 그렇다면 뽕나무밭의 약속[5]과 성 모퉁이의 기다림[6]도 하늘이 맺어 준 인연이나 사람이 맺은 인연이라 할 수 있을까? 나는 그 또한 인연이라 생각한다.

그러므로, 한때의 인연이 있고, 백 년의 인연이 있으나, 만남과 헤어짐은 오로지 인연이 있느냐 없느냐에 달려 있다. 그러므로, 처음에는 진행이 더디다가 나중에 가서 빨라지는 경우도 있고, 훗날을 기약했지만 먼저 이루어지는 경우도 있으나, 저 또한 인연이요, 이 또한 인연이다. 그러므로 나는 이렇게 생각한다.

'사람이 바라는 것을 하늘은 반드시 따른다. 하늘에서 정해진

을 만날 수 있다는 말을 들었는데, 배항은 그 말대로 해서 온갖 노력 끝에 결국 운영과의 결연에 성공했다.

3 사마상여司馬相如와 탁문군卓文君: 한나라 무제武帝 때의 문인 사마상여가 젊었을 때 촉蜀의 임공臨邛 땅을 지나다가 과부 탁문군을 거문고 연주로 유혹해서 부부가 되었다.

4 한수韓壽와 가녀賈女: '가녀'는 진晉나라 무제武帝 때의 공신 가충賈充의 딸 가오賈午를 말한다. 본서 11면의 주3 참조.

5 뽕나무 밭의 약속: 음란한 남녀의 떳떳하지 못한 밀회.

6 성 모퉁이의 기다림: 남녀의 밀회. 『시경』 패풍邶風 「정녀」靜女의 "얌전한 아가씨 어여뻐라/성 모퉁이에서 나를 기다리네"(靜女其姝, 俟我於城隅)라는 구절에서 따온 말.

다음에야 일로 발현되고, 일로 발현된 뒤에야 사람에게서 이루어진다. 하늘에서 정해지고 사람에게서 이루어지는 일은 모두 하늘이 맺어 준 인연으로부터 말미암은 것이니, 어찌 억지로 사람의 힘으로 할 수 있는 것이겠는가?'"

남화자는 말한다.

"노파는 이렇게 말했다.

'하늘이 정한 인연이 여기 있지 않다는 걸 알겠습니다.'[7]

노파는 또 이렇게 말했다.

'하늘이 정한 인연이 바로 여기 있다는 걸 알겠습니다.'[8]

노파의 한 입에서 나온 말이 이처럼 정반대다.

방 안의 곱고 간들간들한 목소리를 듣고 순매가 와 있는 줄 알았으나, 정작 만난 사람은 순매가 아니라 간난이었다. 이 어찌 작자가 꾸며 낸 일이겠는가?

이생은 순매와의 관계를 스스로 끊었으나 관계를 끊은 뒤에도 여전히 사랑했고, 아프게 끊어 낸 뒤에도 여전히 잊지 못했다. 순매는 약속을 어겼으나 약속을 어긴 뒤에도 여전히 자신을 중매하

---

7 하늘이 정한~않다는 걸 알겠습니다: 이 말은 이 작품의 제2회(본서 53면)에 나온다.

8 하늘이 정한~있다는 걸 알겠습니다: 이 말은 이 작품의 제1회(본서 33면)에 나온다.

려 했고, 때가 지난 뒤에도 여전히 약속을 지키려 했다. 이생의 불신은 당연하다. 순매가 꼭 온다고 한 것도 진실이 아니고, 노파가 전한 말도 믿을 만한 게 아니니, 이생의 불신은 당연하다.

난간에 기대어 바라보았을 때 처음에는 꿈 같았으나 나중에는 사실이 되었다. 이생이 방에서 순매를 기다릴 때 이생은 그것을 알았다. 순매가 이생을 찾아갔을 때 순매는 이생이 방에 있는 줄 알지 못했다. 노파가 이생을 맞아 순매를 불러왔을 때 노파는 이생이 순매를 보지는 못하나 그녀가 온 줄 알고 있었다는 사실을 몰랐고, 순매가 이미 이생이 와 있음을 몰랐다는 사실도 알지 못했다. 알고 또 알았지만 알지 못하고 알지 못한 의취意趣가 있고, 오고 또 왔지만 오지 않고 오지 않은 의취가 있으니, 의취가 무궁하고 감정이 다 갖추어져 있다. 그렇건만 독자들은 사건의 교묘함, 이생의 호탕함, 순매의 아름다움만 알고 문장의 교묘함, 의취의 상세함, 말의 자세함, 정의 독실함은 알지 못한다.

노파는 간난을 중매하려는 계책을 썼고, 간난은 노파를 구렁텅이에 빠뜨리려고 질책했다. 노파의 중매는 참으로 허망하고, 간난의 질책 또한 허망하지만, 앞의 허망함과 뒤의 진실함이 멀리 서로 조응한다. 간난은 진실한 마음으로 이생을 대했고, 이생은 거짓된 마음으로 간난을 대했다. 진실로 거짓을 대하고, 거짓으로 진실을 말해 진실과 진실, 거짓과 거짓이 서로 뒤섞이니, 작자의 교묘한 솜씨가 참으로 대단하도다!"

차설,[9] 노파가 연신 웃으며 말했다.

"어제 났던 불은 별다른 불이 아니라 집에서 일어난 작은 화재였습니다. 어젯밤 부엌에서 실수로 불을 내서 온 집에 불이 번졌는데, 다행히 마을 사람들이 도운 덕에 간신히 불을 껐습니다. 순매도 도우러 와서 왔다갔다 많이 했으니, 필시 곤히 잠들어서 오지 못할 게 분명합니다. 나리께서는 그냥 돌아가시는 게 좋겠습니다."

이생이 한숨을 쉬며 말했다.

"한 번 만나기가 어쩌면 이리도 험난할까!"

노파가 말했다.

"나리를 위해 다시 주선해 보겠습니다."

"이틀이나 새벽에 왔지만 한 번도 약속을 이루지 못하고 좋은 날을 다 보냈으니 또 언제까지 기다리란 말인가?"

"하룻밤 만남도 정해진 인연이 있는 법이라 사람의 힘으로 할 수 있는 일이 아니랍니다. 나리께서는 다음 약속을 조금 기다려 주세요."

이생은 한숨을 쉬며 돌아왔다.

며칠 뒤 또 노파의 집을 찾아갔더니 방 안에서 가만히 곱고 간들간들한 목소리가 들렸다. 이생은 '순매가 나보다 먼저 와 있구나' 생각하고 내심 쾌재를 불렀다. 허둥지둥 안으로 들어가니 아리

---

9 차설且說: 각설却說. 소설 진행 중에 다른 이야기로 전환할 때 첫머리에 쓰는 상투어.

따운 여인이 웃음을 머금고 맞이하는데, 순매가 아니라 간난이었다. 간난이 일어나서 맞으며 말했다.

"번거로운 일이 많아 그동안 맞아들이지 못했습니다. 나리께선 너그러이 양해해 주셔요."

이생도 웃으며 은근한 태도로 몇 잔 술을 주고받았는데, 간난의 추태는 보는 이로 하여금 웃음을 터뜨리게 할 만했다. 이생이 거짓말을 하고 즉시 자리를 뜨자 간난은 기분이 상해서 물러갔다.

봄이 다 가고 여름이 돌아오니, 때는 4월 초였다. 해당화 가지 위로 꾀꼬리가 오르내리고, 푸른 대숲 그늘에서 제비가 연신 지저귀니 "버들가지는 살랑일 적마다 신록이 새롭고, 꽃은 예전의 붉음보다 못하지 않네"[10]라는 말 그대로였다. 이생은 칡베로 지은 얇은 흰색 적삼을 걸치고, 허리에는 옥으로 장식한 실띠를 띠고, 손에는 남평[11] 합죽선을 들고, 발에는 채색 구름을 수놓은 팔각형의 가죽신을 신고 건들건들 걸어 노파의 집으로 갔다. 이생이 노파와 안부를 주고받은 뒤 말했다.

"이즈음 그리운 마음을 갈수록 견디기 어렵거늘, 할멈은 왜 이리 신의가 없나?"

노파가 말했다.

"순매가 지금 올 테니, 나리께선 잠시만 앉아 기다리십시오."

---

10 버들가지는 살랑일~못하지 않네: 『금병매』 제80회에 나오는 말.
11 남평南平: 전라도 나주羅州의 옛 지명. 고급 부채의 산지로 유명하다.

이생은 그 말대로 잠시 기다렸다.

이윽고 순매가 황급히 걸어 들어왔다. 두 사람은 반가워 서로의 팔을 잡았다. 이생이 말했다.

"지난번에는 왜 약속을 어겼느냐? 직접 만나 이심전심으로 철석같이 약속해 놓고 도중에 요랬다조랬다 변덕을 부리니, 어찌 차마 그럴 수 있느냐? 내 마음은 생각지도 않느냐?"

순매가 웃으며 말했다.

"저 때문이 아니고 불이 났기 때문입니다. 제가 어찌 감히 식언하며 약속을 어기겠습니까?"

"그러면 좋은 날이 언제냐?"

"내일 새벽에 이전 약속을 지키겠으니 서방님도 부디 어기지 마십시오."

"이젠 정말 네가 신의 없는 사람이라는 걸 알겠다. 이왕 만났으니 그냥 보낼 수 없다. 눈앞에 어떤 재앙이 있다 한들 죽기보다 더 하겠느냐? 차라리 네 치마폭 아래서 죽을지언정 너를 보낼 마음이 없으니, 물리치지 말거라."

"서방님이 저를 그리는 마음이 아무리 간절해도 제가 서방님을 사랑하는 마음만은 못합니다. 밥상을 앞에 두고도 밥 먹기를 잊고, 잠자리에 들어도 잠을 이루지 못하며, 몸과 마음이 온통 나리 얼굴 생각뿐이랍니다. 제가 목석이 아니거늘 어찌 감히 나리의 정성스런 뜻을 저버리겠습니까? 오늘은 제가 저희 마님 방에서 시중

드는 당번인데, 내일 새벽닭이 울 때 나오다가 기회를 봐서 곧장 이리로 오면 남들 눈에 띄지 않을 겁니다. 내일 새벽에는 꼭 몰래 올 테니 나리께서는 염려 마시고 여기서 기다려 주셔요."

이생은 그 말을 듣고 반신반의했다. 하지만 저녁밥을 먹고 곧장 노파의 집으로 가서 창에 기대어 단정히 앉아 있었다. 노파는 연신 술을 따라 권하며 이생의 근심 걱정을 누그러뜨리려 했다. 방 안이 고요하고 꺼져 가는 희미한 등불이 깜박이는데, 이웃집 닭이 세 번 울고 종소리가 5경을 알리도록 아무런 기척도 없었다. 이생은 노파더러 그 집 문 밖에 가 엿보게 했다. 한참 뒤에 노파가 돌아와 말했다.

"대문 안에서 기침 소리가 자주 났는데 필시 간난이와 복련이 같았습니다. 갑자기 문 밖으로 나올까봐 급히 돌아왔습니다. 대문 안 마당이 이렇게 시끄러우니 순매가 틈을 내지 못하리라는 것을 알 수 있습니다."

이생은 여전히 문에 기댄 채 순매를 기다렸다. 얼마 뒤 샛별이 떠오르고 동녘이 차츰 밝아 왔다. 이생은 긴 한숨을 쉬더니 화를 내며 옷을 떨치고 일어나 말했다.

"대장부가 어찌 여자 하나에 연연할까! 맹세코 앞으로 두 번 다 신 '매'라는 글자를 입에 올리지 않겠다. 다만 할멈이 밤낮으로 쏟 은 정성스런 뜻이 모두 허사가 되고 만 게 한스럽군."

노파 역시 면목이 없어 한마디 말도 하지 못했다. 이생은 노기를 참을 수 없었다. 성큼성큼 걸어 돌아가면서도 여전히 분을 삭이지 못했다.

며칠 뒤 노파가 이생을 찾아왔다. 이생은 성난 눈으로 쏘아보며 말했다.

"할멈이 무슨 일로 여길 왔나?"

노파가 말했다.

"나리께서 저를 박대하시는 건 종로에서 뺨 맞고 한강에서 눈 흘기는 격입니다. 제가 전후로 나리를 위해 부지런히 애쓴 정성이 실로 적지 않거늘, 나리께선 도리어 정중한 인사도 하지 않으시네요. 오늘 제가 특별히 찾아온 게 후회스럽기 그지없습니다."

"내가 애꿎은 할멈에게 화풀이를 한 셈이니, 한편으로 생각하면 할멈도 안됐네. 그건 그렇고 지금 온 건 다시 만날 약속 때문인가? 무슨 좋은 소식이 있는가? 자세히 말해 보게."

"조금 전 순매를 만났더니 얼굴 가득 성이 나서 나리를 많이 원망하더군요. 그래서 저는 틀림없이 나리께서 몰래 순매와 만나기로 해 놓고 제게 그 사실을 알려주지 않으셨구나 생각했습니다. 저를 남 대하듯 하시니 원통함을 참을 수 없어서 지금 나리를 뵙고 제 진심을 말씀드리러 온 겁니다."

이생이 놀라 물었다.

"순매가 나를 원망한다니 정말 뜻밖이네. 할멈 집에서 헤어진 뒤로 얼굴을 보기는커녕 목소리도 들은 적이 없다네. 그리고 내가 할멈을 남 대하듯 했다는 건 사리에 맞지 않는 말일세. 내가 하늘 아래 발을 딛고 서서 할멈에게 감출 일이 무엇 있겠나?"

노파가 화난 표정을 풀고 미소 지으며 말했다.

"아까 말은 농담입니다. 나리께서 뭐라고 하시나 보려고 그랬어요. 조금 전 순매를 만났더니 이리 말하더군요.

'지난번에 약속을 어긴 건 형세상 부득이했기 때문입니다. 그렇기는 하나 서방님과 만나기로 한 봉래산蓬萊山이 지척에 있건만 1만 겹 산에 가로막힌 듯해 서방님의 간절한 마음을 저버리고 말았으니, 모두 소용없는 일이 되었습니다.'

순매가 한번 자신의 진심을 하소연해 이번 생의 한을 씻고 싶다며 오늘밤 나리 댁으로 가겠다고 하니 나리께서는 마루에서 기다리시어 아녀자의 지극한 정을 저버리지 말아 주십시오."

이생은 그 말을 듣고는 자기도 모르게 성난 표정을 풀고 기쁜 표정을 짓더니 절을 하며 고마워했다.

"그게 참말인가? 할멈이 나를 놀리려고 하는 말 아닌가? 첫 번째 약속하고 두 번째 약속하고 세 번째 부르고 네 번째 불러냈지만 끝내 뜻을 이룰 수 없었거늘, 지금 곧장 위나라 도읍으로 진격하다니,[12] 이게 꿈인가 생시인가? 할멈은 속 시원히 말해서 내 답

---

12 곧장 위魏나라 도읍으로 진격하다니: 『자치통감』資治通鑑, 『통감절요』通鑑節要, 『사략』史略 등에 나오는 말. 전국시대 위나라의 대군이 한韓나라를 공격하자 한나라의 구원 요청을 받은 제齊나라 손빈孫臏의 군대가 곧장 위나라 수도로 진격했

답한 마음을 풀어 주게."

노파가 놀리며 말했다.

"나리께서 못 믿으시는 것도 당연하지요. '답이 멀리 있지 않다'[13]는 말이 있지 않습니까? 나리께선 조금만 기다리십시오."

이생은 당장 술 한 잔을 따라 노파를 치하하며 말했다.

"이번 약속이 이루어지면 죽어서도 은혜에 보답하겠네."

노파가 작별 인사를 하고 떠났다.

이생이 서재로 돌아오니 곽노인郭老人이 와 있었다. 곽노인은 본래 한집에 기거하던 사람이었다. 이생은 방을 비워 놓고 순매를 기다리고 싶었으나, 곽노인을 다른 곳으로 보낼 방법이 없었다. 이리저리 생각해 봐도 좋은 방안이 떠오르지 않았다. 그때 문득 곽노인이 말했다.

"오늘은 돌아가신 숙모님 기일이오. 내가 지금 제사 지내러 가야 하는데, 적적하지 않겠소?"

이생이 웃으며 말했다.

다. 이에 위나라 장군 방연龐涓은 한나라 공격을 멈추고 자기 나라로 돌아갔다. 여기서는 복잡한 과정을 거치지 않고 단번에 뜻을 이룬다는 의미로 썼다.

13 답이 멀리 있지 않다: 『시경』 빈풍豳風 「벌가」伐柯의 "도끼자루를 베는 일이여, 도끼자루를 베는 일이여/그 모범이 멀리 있지 않네"(伐柯伐柯, 其則不遠)에서 따온 구절. 본래 도끼자루로 쓸 나무를 벨 때 손에 들고 있는 도끼자루를 기준으로 삼으면 된다는 말로, 모범으로 삼을 기준은 항상 자기 가까이에 있다는 뜻. 여기서는 문맥에 맞게 '모범'을 '답'으로 번역했다.

"제사 음식이나 좀 갖다 주십시오."

곽노인이 알았다고 하고 즉시 떠났다. 이생은 속으로 쾌재를 부르며 하늘이 기회를 주는 걸 다행으로 여겼다.

이생은 서재를 청소하고 바닥에 깐 대자리를 깨끗이 닦은 뒤 불을 밝히고 앉아 순매를 기다렸다. 초경(저녁 8시 무렵)이 가까워 오자 초승달이 막 떠올랐다. 이생은 문지방에 우두커니 서서 목을 빼고 먼 곳을 바라보았다. 달빛 비치는 꽃 곁으로 가냘픈 한 미인이 사뿐사뿐 걸어왔다. 이생은 몰래 마음속으로 기뻐하며 말했다.

"순매로구나!"

허겁지겁 다가가서 반갑게 말을 건넸더니 동네를 지나가던 이웃집 여자였다. 이생은 서운하고 하릴없어 주춤주춤 뒤로 물러났다. 돌아와 문에 기대어 순매가 과연 올지 반신반의하고 있는데 문득 발소리가 멀리서 차츰 가까이 들렸다. 달빛 아래 자세히 보니 과연 마음속에 그리던 그 사람이었다. 이생은 기쁨에 가득 차서 손을 잡고 맞으며 말했다.

"네가 왔으니 나는 이제 살았다! 내 두 눈은 뚫어지려 하고 마음은 벌써 재가 됐구나. 너는 대체 어떻게 된 사람이기에 대장부의 애간장을 이리도 토막토막 끊어 놓는단 말이냐?"

손을 잡은 채 당장 서재로 들어갔다. 고운 대자리에 은촉銀燭을 밝혀 놓으니 동방[14]이 아름답기 그지없었다. 며칠을 그리워하다가 엄연히 마주하고 보니 정이 무궁하고 기쁨이 다함이 없었다. 그리하여 이부자리를 깔고 베개를 놓은 뒤 옷을 벗고 얼싸안으니, 물에서 노니는 한 쌍의 원앙새요, 꽃에서 노니는 난새와 봉황새 같았다. 연리지連理枝 위에 봄빛이 곱고 동심결同心結에 그윽한 흥취가 가득하니, 베갯머리에 한 조각 구름 같은 머리카락이 쌓이고, 이불 속에 조그만 두 발이 드러났다. 바다와 산에 맹세하는 말은 꾀꼬리 소리처럼 성대하고, 구름과 비[15]를 부끄러워하는 소리가 제비의 지저귐처럼 잦은데, 버들가지처럼 가느다란 허리에는 짙은 봄빛이 보이고, 앵두 같은 입술에서는 가느다란 숨소리가 새어 나왔으며, 별처럼 초롱초롱하던 두 눈은 몽롱해지고, 희고 부드러운 가슴은 출렁거렸다.[16] 온갖 아리따운 모습과 낭창낭창한 자태는 이루 다 서술할 수 없으니, '송옥이 무산의 여신과 사랑을 나누고[17] 장군서가 앵앵을 만났다'[18]라고 한 말[19]과 같았다.

이생은 잠자리에서 즉시 「만정방」[20] 한 곡조를 지었다.

14 동방洞房: 침실, 혹은 신방新房.
15 구름과 비: 운우지정雲雨之情.
16 물에서 노니는~가슴은 출렁거렸다: 『금병매』 제4회에서 따온 표현.
17 송옥宋玉이 무산의~사랑을 나누고: 초나라 회왕懷王이 무산 신녀와 사랑을 나눈 일을 가리킨다. 송옥이 「고당부」高唐賦에서 이 일을 읊었다. 자세한 것은 본서 15면의 주20 참조.
18 장군서張君瑞가 앵앵鶯鶯을 만났다: 『서상기』의 남녀 주인공 장군서와 최앵앵이 만나 사랑을 나누는 대목을 말한다. 본서 13면의 주11 및 12 참조.
19 송옥宋玉이 무산의~한 말: 『금병매』 제13회에서 가져온 말.
20 「만정방」滿庭芳: '사'詞의 레퍼토리 중 하나.

까마귀처럼 검은 귀밑머리, 초승달 같은 눈썹

살구 같은 눈, 앵두 같은 입술

은 쟁반 같은 뺨, 꽃송이 같은 몸

파처럼 희고 가느다란 손가락[21]

젊고 고운 그 모습 사랑스럽네.

푸른빛 비단 옷소매, 금박 박은 띠

기쁨에 겨워 머리를 살짝 기울였네.

달나라 항아[22]가 세상에 내려왔나?

천금으로도 살 수 없어라.[23]

이날 밤 두 사람이 함께한 즐거움은 이루 다 기록할 수 없다.

순매가 잠자리에서 한숨을 쉬며 말했다.

"저는 타고난 운명이 기구해서 남편이 어질지 못하니, 명색은 비록 부부지만 실상은 원수지간이어서 말마다 서로 틀어져 걸핏하면 헐뜯습니다. 부부간의 은의가 중하고 정이 돈독해야 한다는 걸 모르는 게 아닌데, 마침 이런 때 서방님께서 저를 도모하시니 그럭저럭 살아가려던 한 가닥 마음이 완전히 사라져 버려, 새처럼 훨훨

---

21 까마귀처럼 검은~가느다란 손가락: 『금병매』 제2회에서 따온 말.
22 항아恒娥: 달나라에 산다는 선녀. 본래 요임금 때 활 잘 쏘기로 이름난 예羿의 아내로, 남편이 서왕모西王母에게서 얻어 온 불사약不死藥을 훔쳐 달나라로 달아났다는 고사가 있다.
23 젊고 고운~살 수 없어라: 『금병매』 제4회에 삽입된 사詞를 일부 고친 것이다.

날고자 해도[24] 그럴 수가 없네요.

　서방님께서는 제가 이랬다저랬다 변덕을 부린다고 욕하셨을 거예요. 하지만 지난 일은 어찌할 수 없고, 쏟아진 물은 다시 담을 수 없지요. 이것이 모두 서방님 때문이거늘, 서방님께선 제가 가엾지 않습니까? 지금 부부간의 은의와 정을 끊어 남편을 버리고 새 사람을 따르고 싶지만, 지켜야 할 예의염치가 있고 주변의 이목이 있으니, '한 치 마음을 제어하기 어렵다'는 것이 바로 지금의 제 처지를 두고 한 말입니다."

　이생이 말했다.

　"네 마음이 몹시 딱하구나! 예로부터 재자가인[25]이 새 사람에게 시집간 일은 헤아릴 수 없을 정도로 많았다. 네게 좋은 집을 마련해 줄 처지는 못 되니 자그마한 초가집을 마련해 주었으면 하는데, 어찌 생각하나."

　"정을 잊을 수 없지만 의리도 저버리기 어렵습니다. 이번 생의 기박한 운명은 이미 그른 듯합니다. 저승에서 남은 원을 이루는 게 제 소망입니다."

　"'준마는 멍청한 놈을 태우고 가고, 미인은 항상 졸렬한 사내와

24　새처럼 훨훨 날고자 해도: 『시경』 패풍邶風 「백주」柏舟에 "고요히 생각노니/새처럼 훨훨 날 수가 없네"(靜言思之, 不能奮飛)라는 말이 보인다. 이 시는 부인이 남편의 사랑을 받지 못함을 읊었다.

25　재자가인才子佳人: 재주 많은 남자와 아름다운 여자.

잔다'[26]는 옛말이 있다. 그래서 미인은 예로부터 재앙을 부르고, 원래 박명하다고 하는 거지. 하지만 이제 와서 한탄한들 이미 어쩔 수 없는 일이다. 우리가 틈을 타서 몰래 즐기는 것도 아름다운 일이 아니냐?"

따뜻하고 부드러운 말로 위로하며 깊은 밤을 지새우니 짧은 여름밤이 한스러울 따름이었다.

이윽고 이웃집 닭이 여러 번 울고 동창東窓이 희미하게 밝아 왔다. 순매가 허리띠를 잡아매고 서글퍼 작별 인사를 했다. 이생이 그윽한 정을 담아 손을 잡고 다음 약속을 묻자 순매가 말했다.

"미리 정할 수가 없습니다. 내일 밤 도모해 볼게요."

두 사람은 아쉬워 차마 떨어지지 못했다. 이생이 문밖까지 나와 전송하니, 순매는 다섯 걸음 가서 한 번 돌아보고, 세 걸음을 가서 또 돌아봤다. 이생은 서글프고 하릴없어 서안書案에 조용히 기대 앉아 두 편의 율시[27]에 마음을 담았다.

미인을 의심 말라
무산의 꿈[28] 또한 어리석었지 않나.

---

26 준마는 멍청한~사내와 잔다: 『금병매』 제2회에서 왕파王婆가 인용한 속담. 이에 앞서 『수호전』 제24회에도 왕파가 같은 말을 하는 장면이 있다.

27 율시律詩: 여덟 구句로 이루어진 한시 형식.

28 무산巫山의 꿈: 본서 15면의 주20 참조.

미인의 다정한 마음에 장부의 뼈가 녹아

친구의 정의情誼 엷어지고 미인만 아끼네.

청루青樓의 꽃다운 넋이 묘하고

그윽한 바람 앞의 달 같은 얼굴 기이하여라.

보낸 뒤 봄이 이리 쓸쓸할 줄 미처 몰라서

시인은 이 밤을 배회하고 있네.[29]

그대 보고 싶은 마음 그치지 않아

서글픔 못 견뎌 누각에 몸을 기대네.

봄이 돌아와 뺨에 웃음 띠니 꽃처럼 아리따운데

눈썹을 찌푸리니 버드나무처럼 수심을 띠었네.

하얀 달 밝은 별에 그대 생각나

그윽한 운우의 정 더욱 그립네.

그 옛날 사마상여는 사랑이 엷어져

공연히 탁문군에게 「백두음」[30]을 읊게 했지.[31]

이날은 4월 초파일이었다. 집집마다 연등을 일제히 밝히고 고을

---

29 미인을 의심 말라~배회하고 있네: 『금병매』 제16회 첫머리에 나오는 시를 일부
고친 것이다.

30 「백두음」白頭吟: 사마상여가 탁문군과 결혼한 뒤 다시 첩을 들이려 하자 탁문군
이 이를 원망하며 결별의 뜻을 담아 지었다는 시.

31 그대 보고~읊게 했지: 『금병매』 제14회 첫머리에 나오는 시를 일부 고친 것이다.

마다 수부[32] 소리가 요란하게 울렸다. 백마 탄 귀공자들이 황혼 녘에 무리 지어 노닐고, 남녀 백성들이 도성 교외의 길에 살랑살랑 모여들었다. 이른바 "임금이 즐기고 신하가 즐기니/즐거움이 무궁하고/달 밝고 불 밝으니/천지가 모두 환하네"[33]라고 하는 바로 그 풍경이었다.

이생은 친구들을 불러 종소리도 듣고 연등도 구경하며 이리저리 거닐다가 문득 순매가 보고 싶어 당장 노파의 집으로 갔다. 노파가 마침 방에 있다가 이생을 보고 말했다.

"조금 전에 순매가 왔었는데 머물러 있으라 하지 않았답니다. 나리께서 놀러 나가 오시지 않으리라 생각했거든요. 지금 이렇게 오실 줄 알았더라면 기다리라고 했을 텐데, 후회스럽습니다. 순매도 나리가 오시지 않을 거라 생각하고 물러갔으니, 오늘밤은 다시 올 리 없습니다."

이생은 매우 낙심해서 노파에게 작별 인사를 하고 돌아왔다. 등불을 켠 뒤 책상다리를 하고 앉아 있다가 생각이 순매에 미치니 잠

---

32 수부水缶: 물장구, 곧 물을 채운 동이에 바가지를 엎어 놓고 두드리도록 만든 것. 아이들이 수부회水缶戲, 곧 물장구 놀이를 하는 것이 초파일의 풍속이었다.
33 임금이 즐기고~모두 환하네: 명나라 영락제永樂帝가 유생과 주고받았다는 시구에서 따온 말. 영락제가 "달 밝고 불 밝으니/명나라가 하나로다"(月明燈明, 大明一統)라고 하자 유생 최운崔芸이 "임금이 즐기고 신하가 즐기니/영락永樂이 무궁하리"(君樂臣樂, 永樂萬年)라고 재치 있게 대구를 맞추어 한림학사翰林學士가 되었다는 이야기가 전한다. '영락'은 '영락제'와 '영원한 즐거움'의 두 가지 뜻을 표현한 말이다.

잘 생각이 싹 달아나며 마음 가득 순매를 잊을 수 없었다. 그리하여 종이를 펼치고 붓을 잡아 율시 한 편을 써서 근심스런 마음을 풀었다.

> 잠 못 이뤄 상문[34]의 대자리 어수선도 해
> 그윽한 정 꿈에서도 이루기 어려워 혼자 탄식하네.
> 난간에 기대니 풍미가 더욱 좋아
> 문 열고 밝은 달 기다리노라.
> 벌[35]을 통해 은밀한 뜻 전하고 싶지만
> 반딧불이 이별의 정 비춤을 돌이키기 어렵네.
> 가련해라 직녀가 견우 만나는 날 다가와
> 굽이굽이 펼쳐진 은하수 바라보노라.[36]

열흘 뒤 이생이 다시 노파를 찾아가서 말했다.

"선녀와 한 번 헤어진 뒤로 봉래산이 만 겹 멀리 떨어져 있는 듯해 그리운 마음을 풀 길이 없네. 한 번 더 만날 수 있도록 할멈이 힘써 주게."

---

34 상문湘紋: 상죽湘竹(반죽斑竹)에 있는 무늬. 상죽으로 만든 대자리를 '상문점' 湘紋簟이라고 한다.
35 벌: 중매쟁이를 말한다. 중매쟁이나 뚜쟁이를 '봉매접사'蜂媒蝶使라고 한다.
36 잠 못 이뤄~은하수 바라보노라: 『금병매』 제91회 첫머리에 나오는 시.

"제가 지금 순매를 청해 올 테니, 나리께선 잠시 여기서 기다리십시오."

노파는 이생을 방 안에 있게 하고 방문에 자물쇠를 채운 뒤 홀쩍 문을 나섰다.

이윽고 순매가 들어왔다. 순매는 방문에 자물쇠가 단단히 채워진 것을 보고 이생이 방 안에 있으리라고는 생각지 못했다. 이생은 순매가 대문 안에 들어왔다고 짐작하고 있었으나 노파가 자물쇠를 풀어 주기만 바라며 숨죽인 채 기다렸다. 하지만 오래도록 아무 기척이 없더니 갑자기 노파가 방문을 열고 들어와 말했다.

"순매가 왔을 텐데 지금 어디 있습니까?"

"순매가 대문 안에 들어왔던 건 알지만, 어디 있는지 모르기는 할멈이나 나나 마찬가질세. 할멈과 순매 중에 누가 먼저 온 건가?"

노파가 다시 나가 몇 번이나 두루 찾았으나 종적이 묘연했다. 노파가 돌아와 말했다.

"나리께선 왜 여기 있다고 먼저 알리지 않아 이 좋은 기회를 놓치셨습니까?"

이생 역시 혀를 차며 탄식해 마지않았다.

원래 낮말은 새가 듣고 밤말은 쥐가 듣는다고, 간난이 마침 노파의 집에 왔다가 중문[37]에 몸을 숨기고 동정을 자세히 살피고 있

---

37 중문中門: 대문 안에 다시 세운 문.

었다. 순매는 그 낌새를 알아차리고 몸을 피한 것이었다. 간난은 화가 가득 난 얼굴로 노파에게 다가와 꾸짖었다.

"할망구! 이 할망구야! 백발 과부가 감히 입을 놀리고 수단을 부려 내 조카를 꾀었겠다? 내가 그 낌새를 본 게 벌써 여러 번이야. 이 할망구, 법의 구렁텅이에 빠뜨릴 거야."

그러고는 성난 목소리로 이생에게 말했다.

"나리 같은 도덕군자가 어쩌다 이처럼 의롭지 못한 일을 하셨습니까?"

이생이 말했다.

"그게 대체 무슨 말이냐? 그게 대체 무슨 말이야? 너는 아무것도 모르고 있구나. 내가 순매와 가까이 지낸 지가 벌써 여러 해다. 지난번 너와 술잔을 주고받았던 건 네 입을 막고 눈을 가리기 위해 꾸민 계략이거늘, 너는 어디가 동쪽이고 어디가 서쪽인지, 무엇이 진짜고 무엇이 가짜인지 아무것도 모르는구나. 지금 네가 나를 꾸짖고 있지만, 실은 꾸짖을 처지가 아니니 참으로 가소롭다. 이 계략을 꾸민 이도 할멈이요, 너를 속인 이도 할멈이니, 하나도 할멈의 죄요, 둘도 할멈의 죄다. 그러니 내가 너와 무슨 상관이란 말이냐? 이제부터 나는 네 조카사위가 되는 걸 마다하지 않을 테니, 네가 도처에 다니며 나를 위해 기회를 봐 준다면 얼마나 다행이겠느냐?"

그리고 나서 이생은 큰 사발에 술을 따라 주며 간난의 마음을 진정시키려 했다. 간난은 이생의 말을 듣고 부끄럽기 그지없어 유구무언일 따름이었다. 그러니 어찌 술을 받아 마실 수 있겠는가? 간난은 굳게 사양해 술을 마시지 않고 언짢은 표정을 지으며 물러가겠다고 했다. 간난은 그 뒤로 순매를 엄중히 단속해서 잠시도 문밖으로 나가지 못하게 했다.

하루는 노파가 이생을 찾아와 말했다.

"좀 전에 순매를 만났는데, 이모의 감시가 날로 심해져서 눈이 세 개에 입이 네 개, 몸이 두 개에 날개가 여덟이라 한들 잠시도 벗어날 겨를이 없답니다. 이제 백년가약은 뜬구름이 되고 흘러가 버린 물이 되고 말았으니, 부디 나리께서 잘 지내시기만 바란다고 했습니다."

이생도 더 이상 어떻게 해 볼 방도가 없었다. 그리하여 시 한 편을 지어 자신을 위로하는 마음을 드러내고 영원히 인연을 끊는 뜻을 아울러 담았다. 그 시는 대략 다음과 같다.

탄식하네, 타고난 운명이 기구해
천하고 못난 장사치 아내가 된 것을.
우물에서 처음 만난 날
첫눈에 오래 알던 사람 같았네.
은 노리개로 인연 맺어
두 번 만나 다정해졌지.

몸은 살지지도 마르지도 않아

달인가 싶고 구름인가 싶었네.

아름다운 자태는 보탤 것도 뺄 것도 없어

하얀 분으로 장식한 듯, 백옥을 깎아 놓은 듯했네.[38]

초봄의 버들잎 같은 두 눈썹은

늘 이별의 수심을 머금었고

3월의 복사꽃 같은 두 뺨은

매양 사랑스런 정을 띠었네.[39]

그대가 가는 곳마다

꽃향기가 살짝 났고

앉고 일어설 때마다

아리땁지 않은 게 없었네.[40]

모습은 그리도 어여쁘고

몸 또한 나긋나긋했으며

말은 유창한 꾀꼬리 같고

허리는 바람에 휘날리는 버들가지 같았네.

비단옷 입고 자라지 않아

사치스런 기운 싫어했고

---

38 몸은 살지지도~놓은 듯했네: 『금병매』 제7회에서 따온 말.
39 초봄의 버들잎~정을 띠었네: 『금병매』 제9회에서 따온 말.
40 그대가 가는~않은 게 없었네: 『금병매』 제7회에서 따온 말.

진주 보석 속에서 자라지 않아

소박하게 머리 빗고 단장했을 뿐.

얇은 옷 입고 사뿐사뿐 걸으면

예주[41] 선녀의 풍류가 있고

아름다운 치마 입고 천천히 움직이면

수월관음[42]의 태가 있었지.[43]

낙화유수에

무정하다는 탄식을 얼마나 했던고?

희미한 달, 가물거리는 등촉 아래서

만나자마자 이별한 한恨이 사라지지 않네.

봉래산처럼 아득히 떨어져 있는 듯했고

지척에 있으면서도 먼 곳에 있는 듯했네.

약수弱水의 저편을 바라보는 듯

애간장이 재가 되었네.

서상[44]의 꽃 그림자 몰래 움직이니

---

41 예주蕊珠: 예주궁蕊珠宮. 도교의 전설에서 신선들이 산다는 천상의 궁전 이름.

42 수월관음水月觀音: 물에 비친 달을 내려다보는 관세음보살. 관세음보살의 33가
지 형상 중 하나.

43 모습은 그리도~태가 있었지: 『금병매』 제78회에서 따온 말.

44 서상西廂: 『서상기』西廂記의 주요 사건이 벌어지는 곳. 본래 집의 서쪽에 있는
건물을 말하는데, 『서상기』의 남자 주인공 장군서가 보구사普救寺의 서상에 머물며
최앵앵과 밀회했다.

한 마리 개가 컹컹 짖고

양대陽臺의 봄꿈에서 막 돌아오니

조각달이 둥근달 되었네.

너무나 짧은 봄밤 한스러워하며

산과 바다를 두고 맹세했고[45]

짧은 인생을 한탄하며

버드나무와 꽃에 언약 맺었지.

달은 무정히 서편에 지고

닭은 공연히 새벽을 재촉하는데

그리움 실로 잊기 어려우나

다시 만날 길 없어 서글퍼하네.

어쩌다 한번 약속이 어그러져

홀연 영원한 이별을 하게 되었나.

깨어진 거울 언제 다시 합하고

끊어진 현絃 언제 다시 이을꼬.

아아! 호사다마로다

보름달이 그만 이지러졌으니.

높이 걸린 거울 속의 얼굴을 보는 듯

꿈속의 정다운 넋 돌이키기 어렵네.[46]

---

45 산과 바다를 두고 맹세했고: 남녀의 애정이 깊어 굳게 변하지 않는 것을 이르는 말.

46 높이 걸린~돌이키기 어렵네: 『금병매』 제65회에서 따온 말.

이 술 따라 애오라지 마음을 풀고

이 시 읊어 단지 마음을 가탁하네.

아름다운 그 모습

하루도 잊기 어려우나

뛰어난 글재주 없어

많은 말을 해도 이별하기 어렵네.

아아! 다시 만날 기약 없어

외로운 베개 어루만지며 그리워하나

타고난 운명이 서로 막히어

유유히 흐르는 조각구름만 바라볼 뿐이네.

스스로 인연을 끊어 영영 이별함을 슬피 여기고

그리운 마음 끝이 없음을 탄식하노라.

오랜 세월이 흘러 천지가 변해도

나의 한은 풀기 어렵고

해가 가고 달이 가도

나의 정은 사라지지 않으리.

대략 속마음을 펼쳐

애오라지 진심을 표했거늘

말은 다함이 있으나

정은 끝나지 않았네.

추서[1]

소설은 대개 중국 것을 숭상하는데, 중국 소설이 우리 소설보다 나아서가 아니라 사람의 마음이 본래 듣지도 보지도 못한 일을 즐거워하기 때문이다. 옛날을 좋아하고 지금은 틀렸다고 하며, 먼 곳의 일을 좋아하고 가까운 곳의 일을 싫어하는 것은 우리나라만의 병통이 아니라 온 천하의 병통이다. 우리나라 사람들은 소설을 지었다 하면 중국을 배경으로 삼아 이야기를 만들면서 그때마다 반드시 이렇게 말한다.

"우리나라는 볼만한 게 없거든."

지금 이 소설은 우리나라의 일인 데다 지금의 일을 다루었는데, 우리나라에는 볼만한 것이 없고 게다가 지금 일은 말할 만한 가치가 없음에랴. 그러나 이 작품은 서사敍事가 몹시 절실하고 지극하니, 『서상기』와 짝이 될 만하다.

---

1   추서追序: '발문跋文'을 뜻한다.

순매는 아름답지만 신분이 천하여 옷이 남루하고 머리가 헝클어졌으며, 화장을 하지 않은 데다 장신구도 어울리지 않고 의복도 화려하지 않거늘, 이른바 '아무리 솜씨 좋은 장인匠人이라 할지라도 썩은 나무에는 조각하지 않고 기와 조각은 조탁雕琢하지 않는다'는 데 해당하는 인물이다. 하지만 순매는 그 뜻이 지극하고 정이 도타우니, 이 점이 볼만하다. 만약 비단옷을 입고 머리에 비취 장식을 달고 금으로 새기고 옥으로 만든 장신구를 찼다면 어찌 그 미모가 서시西施와 양귀비楊貴妃만 못했겠는가? 그랬다면 풍부한 단어와 화려한 문장이 지금보다 몇 배는 더했을 것이다.

그러므로 소금과 매실은 오미五味와 잘 어울려야 하고,[2] 시무나무와 녹나무[3]는 반드시 훌륭한 목수를 만나야 한다. 말은 툭 트인 대로大路로 나서야 마음껏 치달리고, 수레는 큰길에 나아가야 순탄하게 달릴 수 있다. 내 얕은 식견으로 보건대, 비리卑俚한 말로 글을 쓴다면 사마천과 반고[4]라 할지라도 평범하게 되고 말았을 것이니, 『사기』史記와 『한서』漢書의 문장처럼 공중의 기세氣勢와 지상紙上의 파란을 어찌 얻을 수 있었겠는가? 속되고 비리하지만 자상

---

2 소금과 매실은~어울려야 하고: '오미'五味는 단맛, 짠맛, 신맛, 쓴맛, 매운맛의 다섯 가지 맛. 매실은 신맛을 내는 조미료로 썼다.
3 시무나무와 녹나무: 집을 지을 때 동량의 재목으로 쓰는 나무. 곧고, 높이 자란다.
4 사마천司馬遷과 반고班固: 한나라 때의 저명한 역사가이자 문장가. 각각 『사기』와 『한서』를 지었다.

하고도 극진하니, 그대의 문장이야말로 위대하고 지극하도다!

　　　　남화산인이 대존당帶存堂 서실書室에서 추서하다

　　가경 14년 기사년[5] 단양 후 1일[6]
　　　　　　석천주인이 훈도방[7] 정사에서 추서하다[8]

<hr>

5　가경嘉慶 14년 기사년: 1809년(순조 9). '가경'은 청나라 인종仁宗의 연호로, 1796년에서 1820년까지 사용되었다.
6　단양端陽 후 1일: 음력 5월 6일. '단양'은 단오일.
7　훈도방薰陶坊: 조선 시대 서울의 행정구역으로, 남부南部 11방坊 중의 하나. 지금의 서울 중구 을지로·충무로 일대에 해당한다.
8　석천주인이 훈도방薰陶坊 정사精舍에서 추서追書하다: 작자인 석천주인이 훈도방의 집에서 「절화기담」을 썼다는 뜻. '추서'追書는 지난 일을 서술했다는 뜻.

원문

折花奇談序[1]

酒色財氣, 卽士君子之所難也. 或有盜飮甕間之吏部, 或有
醉眠市上之學士, 或有偸香之韓壽, 或有媒葉之于祐.[2] 有一費
萬錢之相, 有一擲百金之卿, 有死不悔之荊卿, 有骨猶香[3]之聶
政. 此皆因其嗜慾之所萌, 而且是豪尙之所由成也. 自古以來,
英豪貴賤, 莫不由於四垣之中. 有殺其身不悔者, 有亡其家不顧

---

1 折花奇談序: 이 서문의 상하에 "在山樓蒐書之一"이라는 주문방인朱文方印과
"白斗鏞印", "嘉林白氏之章"이라는 백문방인白文方印이 찍혀 있다. '재산루'在山樓
는 일본인 마에마 교사쿠前間恭作의 당호堂號이다. 그가 수집한 조선 고서가 일본
도요분코東洋文庫에 기증되었으므로 현재 『절화기담』은 도요분코에 수장되어 있다.
'백두용'(1872~1935)은 구한말과 일제강점기 때의 출판인이자 고서 수장가收藏家
로서, 한남서림翰南書林의 주인이었다. 이 인장을 통해 백두용의 장서가 마에다 교
사쿠에게 들어갔음이 확인된다. '가림'嘉林은 조선 시대 충청남도 임천군林川郡의
옛 이름이다. 지금의 부여군 임천면林川面에 해당한다. 이곳 토성土姓의 하나가 백
씨白氏다.
2 祐: 원문에는 "佑"로 되어 있으나 루쉰魯迅의 『당송전기집』唐宋傳奇集에 의거
해 바로잡았다.
3 骨猶香: 이백李白의 「협객행」俠客行 중 "縱死俠骨香"에서 따온 말.

者, 以逞一時之慾, 事反無聞焉, 與古之人不可同日語矣. 奇聞
異觀, 終古何限, 而若所遇非其人, 則泯滅而無傳焉, 可勝歎哉!

今此折花之說, 卽吾友<u>李</u>某之實錄. 詳考一篇旨意, 則大署
與<u>元稹</u>之遇鸎[4]娘, 恰相彷彿, 其曰'一期二約三會四遇, 竟莫能
遂', 其曰'鸎也之自媒', 與<u>紅娘</u>之解讒, 遙遙相照. 又與『<u>金瓶
梅</u>』之<u>西門</u>[5]遇<u>潘娘</u>,[6] 太相類似, 其曰'三件難事, 難且又難', 曰
'靑銅銀佩之說', 與<u>王婆</u>之口辯, 無異. 奇哉, 千載之下, 其下說
論事, 若是近之! 其中反有勝焉者, 吾友之痛絶鸎也, 百忙中能
扶彛倫之綱紀, 梅且傷夫之拙, 而未之爲害, 無乃今之人遠過於
古之人耶? 吾友信實人也. 自齠齔之歲,[7] 想像其所以爲人也, 則
雖有泛湖之女,[8] 採桑之姝,[9] 莫之動也, 而今因一閭巷賤婢, 如此
委曲勤勤. 古語云: "色不迷人人自迷."[10] 其果人而自迷耶? 色而
迷人耶? 其中間詩律詞閱, 頗有古體, 其序次來歷, 如在掌中,
亦可謂靜中一哦之資, 而滿篇都是眼穿腸斷心灰意涸之句, 則

4　鸎: '鶯'과 동자仝字.

5　西門: 서문경西門慶.

6　潘娘: 반금련潘金蓮.

7　齠齔之歲: 이를 가는 7~8세 무렵.

8　泛湖之女: 춘추시대春秋時代 월越나라의 미인 서시西施.

9　採桑之姝: 한漢나라 악부시 「맥상상」陌上桑에 등장하는 미인.

10　色不迷人人自迷:『명심보감』明心寶鑑「성심편」省心篇에 나오는 말.

是女也, 果是月津楚岫[11]之後身耶? 果是花狐狸粉髑髏之像, 而
吾友之迷且甚耶? 使梅作執拂之妓,[12] 則吾友果有楊素[13]之風流
乎? 使梅作洛水步月之姬,[14] 則吾友亦有子建[15]之丰儀乎?

春猶不偕, 至于夏而能遂其願, 則此梅之飄殘, 可知. 井邊一
面, 如隔弱水, 屋裡相見, 如夢初惺. 前而愗忽, 後而冷落, 事始
偕於十逢九遇之後, 今以後始信天緣之所在. 惜乎! 莫如痛斷
於未遇之前, 然猶幸自絶於一見之後也.

南華散人識

情有不可知者, 事有不可測者. 不可知, 而有不可忘不可終
者; 不可測, 而有不可究不可盡者. 是故, 情出乎緣, 事出乎機.
無緣, 情何[16]由生, 無機, 事何從起乎? 機有微而後事作, 緣有

---

11 月津楚岫: 항아姮娥와 무산巫山 신녀神女.

12 執拂之妓: 「규염객전」虯髯客傳의 등장인물 홍불기紅拂妓. 원문에는 '拂'이
"緋"로 되어 있으나 바로잡았다.

13 楊素: '李靖'의 착오.

14 洛水步月之姬: 복희씨伏羲氏의 딸 복비宓妃.

15 子建: 조식曹植의 자字.

16 何: 원문에는 "可"로 되어 있으나 바로잡았다.

萌而後情動. 其動於機, 作於緣者, 亦莫非人之所由生也. 是以
禍福無門, 惟人所召.[17] 然則好惡是非, 莫不不由於人, 利害苦
樂, 亦莫不不由於人. 故黃金白璧, 適足爲喪命之祟; 富貴功名,
適足爲滅名之窠. 因牛飮[18]之醉而失邦, 因狐媚[19]之色而焚身. 喪
其命·滅其名·失于邦·焚乎身者, 不知其漸之所由, 而浸浸然自
歸於無何之境也. 自歸於無何之境, 而尤不能發禁躁妄者, 則
尤物[20]也. 及其萬丈慾火, 際乎天地之間, 千層洪濤, 汎濫方寸
之內, 勢如累卵, 而不知其危亡之接踵, 急如燃眉, 而不知其禍
網之壓頭. 仁智勇畧, 逈出一世之上, 而亦莫能返轍復路, 終須
入於向所謂浸浸之境而後已, 可不懼哉!

「折花奇談」, 卽余丁年[21]所由閱歷者也. 敍其事, 記其實, 不過
閑中翫覽之資, 而文不聯脉, 事多間空, 質諸吾友南華子. 南華
子改敍篇次, 又從以潤色之, 雖吾親履之事, 而其腐心相思斷
腸難忘之情, 句句活動, 字字耿[22]結, 或有掩卷太息之處, 或有
心瘁眼酸之句. 一期二違, 二約三失, 如鬼弄揄, 如天指導, 今以
後, 方知色之所媚人之易惑也. 且序文之勗予心者, 多矣, 自今

---

17 禍福無門, 惟人所召: 『춘추좌전』春秋左傳 「양공」襄公 23년조에 나오는 말.

18 牛飮: 술을 많이 마심을 이르는 말.

19 狐媚: 음탕하고 아양 부리는 여자를 이르는 말.

20 尤物: 몹시 뛰어난 인물. 절세미인.

21 丁年: 20세.

22 耿: 원문에는 "烱"으로 되어 있다. 이하 원문의 "烱"은 모두 '耿'으로 표기한다.

以往, 改圖革舊, 反非入是者, 莫非吾友賜也.

石泉主人自序

第一回
李家嫗媒結朱陳緣[1] 方氏鸞打破陽臺夢[2]

南華子曰：

"上下六篇三題, 見面者爲九, 有約不偕者爲六, 假夢者爲一, 眞夢者爲一. 眞心相思, 假夢相接, 假心自絶, 眞夢忽圓. 先有意而自媒於嫗, 後有意而自絶於嫗, 以一李生而有自媒自絶之文. 先有心而納媒於生, 後無情而峻斥於生, 以一老嫗而有納媒峻斥之文. 李生之無心酬酌, 鸞婢之有意含嬌, 有一眞一假一進一退之文, 而老嫗則認假爲眞, 以虛爲實, 虛實眞假, 在在伏線, 遙遙補綴. 不自絶而使之自絶者, 鸞也; 痛自絶而亦能自絶者, 生也."

南華子曰：

1 朱陳緣: 주진지호朱陳之好.
2 陽臺夢: 운우지정雲雨之情.

"梅之一見, 以生自媒, 梅之再見, 又以生自媒, 自媒兩遭, 遙遙相對. 嫗之一期爲眞期, 生之一失爲眞失. 一夢而似眞非眞, 眞見而似夢非夢. 夢果眞而覺來有長相思長歎息之文, 眞見而有'酥胸[3]蕩漾', [4]'玉膚潤滑'之句, 前後中終, 間間相對, 遙遙相連. 銀釧同是佩也, 同是銀也, 有自小奴自負之心, 又有自小奴還推之事, 又有老嫗袖來之喜, 又爲李生贄見之幣. 先有得失, 後有授受, 一佩之爲一緣, 一奴之爲再媒, 一嫗之爲三媒, 一生之爲一得一失, 二得三傳而後, 始爲會合場, 信物者, 豈偶然也哉? 物有有意之信物, 期有有信之佳期. 曰: '一難二難三難.' 曰: '一見二見三見.' 嫗之'難乎'云難者, 非眞難, 而乃假難, 難爲言也. 生之'見乎'云見[5]者, 乃眞見, 而眞見之中, 亦多難見難忘之情也哉!"

壬子[6]年間, 有李生者, 僑居于帽洞.[7] 生得俊雅, 風彩卓異, 頗解詩文, 亦一代之才子也. 不事家産, 旅食于隣居李, 李亦閭閻人也. 那家有一坐石井, 朝暮井前, 一洞叉鬟, 無不聚會汲水,

3 酥胸: 『금병매』金甁梅에서 유래하는 이 말은 이 작품에서 세 번 나온다.
4 漾: 원문에는 "樣"으로 되어 있으나 바로잡았다.
5 云見: 원문에는 "見云"으로 되어 있으나 바로잡았다.
6 壬子: 1792년(정조 16).
7 帽洞: 벙거짓골.

一庭物色, 頗有可觀焉. 有一箇佳人, 名曰舜梅, 年方十七, 顔不蘝[8]餙, 而千態無欠, 身不粧束, 而百媚俱生. 其若柳腰桃頰, 櫻唇鴉鬢, 眞絶世之秀色, 見爲方氏叉鬟, 適人加髻[9]者, 已有年矣. 李生一見其容, 魂飛意蕩, 不能定情. 然蓬山[10]如隔萬重, 謾吟「高唐之賦」,[11] 難媒陽坮[12]之夢, 悟[13]焉思服, 悄然銷懷.

一日, 蒼頭以一隻畫竹銀珮來告曰:

"此卽方婢袊纓中物也, 小僕權典此物. 伏願相公替藏篋笥."

李生暗自歡喜曰:

'佳人佳物, 不期入手! 或者邂逅之約, 從此有可階之望矣.'

一日, 那梅身穿着淡裳輕裙, 頭戴小盆, 手提轆轤, 搖搖飄飄, 來到井邊. 于斯時也, 情愈難禁. 李生以言微挑次, 出銀佩示之曰:

"是誰之玩耶?"

舜梅驚且問曰:

"此卽小婢愛玩之物也. 曾已質典小奴, 胡爲乎落在相公之手乎?"

8　蘝: '藻'와 동자仝字.

9　加髻: 머리를 얹음, 즉 혼인의 뜻.

10　蓬山: 봉래산蓬萊山.

11　「高唐之賦」: 송옥宋玉의 「고당부」高唐賦.

12　坮: '臺'의 고자古字.

13　悟: '寤'와 통한다.

李生笑曰:

"苟若汝物, 則吾當還爾否?"

舜梅正色對曰:

"旣乎質焉, 則豈有無文還原之理乎?"

李生情不自禁, 仍言曰:

"不期一佩, 已結芳緣! 人生譬如水中漚·草上露, 靑春難再, 樂事無常. 幸無慳一夜之期, 得遂三生之願, 如何?"

那女含笑不答, 汲水飄然而去. 生悃然無聊.

一日, 李生與隣友, 賭飮于李家. 原來李家, 有一老嫗, 好事而利口, 賣人場中, 自來老熟手段. 酒至數巡, 李生從容謂曰:

"方氏叉鬟, 嫗其知之. 爲我紹介, 圖得一宵之緣, 則必重報母矣."

老嫗對曰:

"難哉! 是女有自貞之節, 非老身之鈍辭强辯所可誘也. 漢江之水, 何日得堅? 願無以無益之說, 徒費心懷也."

李生勸解[14]甚勤, 而老嫗之心, 去益難回.

生悵然歸來, 獨倚欄頭, 忽聞跫音, 自遠而近, 嬋娟形態, 果是意中之人也. 燕懶鸎慵, 直向井邊, 生歡天喜地, 動問殷勤, 舜梅一笑不答, 飄然汲水而去.

---

14 勸解: 마음을 풀도록 권유함.

此時正當春夏之月也, 井梧陰濃, 盆榴花爛, 燕語鸎聲, 如助愁人一層之思. 遂吟一絶, 以暢心懷. 詩曰:

一樹梅花春欲闌,
有情人倚玉欄干.
尋香戲蝶還飛去,
夢斷羅浮月影團.

把筆題罷, 咏過一篇, 瑞墨斑斑, 寫盡滿腔, 情思只切, 有意莫遂之歎, 終宵耿耿.

昧爽,[15] 攬衣而坐, 忽聞囪外有琅然跫音, 驚起視之, 卽李家酒嫗. 生曰:

"早來訪問, 慰感良深. 昨日之言, 果能記諸心頭乎?"

嫗曰:

"老身何惜一言報答相公殷勤之情, 而此事有三難. 梅女之賦性愷潔, 身賤心貴, 不可奪志者, 一難也. 有母弟曰干鸞, 嗜酒貪色, 善小惡多, 梅女之進退主[16]張, 專在於此女, 梅可說, 鸞不可說, 此二難也. 有同舍婢福蓮,[17] 淫佚善辯, 善伺人之動靜. 言未

---

15 昧爽: 먼동이 틀 무렵.

16 主: 원문에는 "傳"로 되어 있으나 바로잡았다.

17 蓮: 원문에는 "連"으로 되어 있으나, 이하에는 모두 '蓮'으로 표기하고 있으므로

孚而事反覺, 則爲害於老身者, 多矣, 此三難矣. 然三難之中, 有一不難之事, 語曰: '六字孔方,[18] 多焉多', 則美酒焉鉗制鸞口, 物色焉啗利蓮心, 從中用事, 庶乎其十止一二可得也. 以東谷[19]方進賜之豪富, 以廟洞[20]李相公之風流, 願媒梅婢者, 屢矣, 老身隨口隨應, 未曾獻一策謀一計. 然知相公爲眞實君子人也, 令使若干靑銅以付老身, 則請爲相公試之."

生曰:

"此誠不難. 嫗其力圖."

卽探授楡葉,[21] 密密付囑而去.

過數日, 老嫗復來動問曰:

"梅婢之銀佩, 質在相公云, 然乎?"

生曰:

"然. 老嫗何由聞之?"

嫗曰:

'蓮'으로 통일했다.

18 六字孔方: 여섯 글자 상평통보常平通寶, 곧 돈을 이르는 말. 상평통보의 앞면에는 '常平通寶'라는 네 글자가 있고, 뒷면에는 주전소鑄錢所을 표시하는 한 글자와 천자문 또는 오행五行의 한 글자가 있기에 '여섯 글자'라고 한 것이다.

19 東谷: 똥골.

20 廟洞: 대묘골.

21 楡葉: 유협전楡莢錢 또는 유전楡錢, 즉 돈을 가리킨다. 유협전은 본래 한漢나라 때의 화폐로, 돈의 모양이 느릅나무 깍지와 비슷하게 생겼다 하여 붙은 이름이다.

"梅女有得銅還原之意, 故知之矣."

李生曰:

"我欲一佩要媒一見, 嫗其爲我去試一試."

嫗因頷可而辭去. 生心切自負, 自以爲佳期之必偕.

後數日, 蒼頭忽來覓銀佩. 生心猶趑趄, 不能措一語, 悵然出付, 只恨老嫗之無信.

是夜, 点燭獨坐, 思想盆切, 遙望倒索, 青鳥不來, 回首藍田, 玉杵無跡. 欠伸嗟歎, 徙倚繩床, 忽有嬋娟佳人, 琅玕[22]進來, 啓丹唇吐香語曰:

"妾乃卑賤之女, 郎君何奈自惱之甚耶?"

生歡甚喜極, 執手相款. 仍說破相思情事, 隨卽解去榴裙, 斜偎鴛枕, 脉脉相看, 有情難盡. 生卽之戲焉, 一叩不應, 再喚不來. 忽欠伸[23]驚覺, 則乃南柯一夢也.

曉雞催唱, 孤燈明滅, 窈窕儀形, 宛在目前, 欲忘難忘, 不思自思. 仍展雪牋, 握霜毫,[24] 題「一捻紅」[25]一関. 詞曰:

　　長相思,

---

22 玕: 원문에는 "瑚"으로 되어 있다.

23 伸: 원문에는 "身"으로 되어 있으나 바로잡았다.

24 霜毫: 털이 흰 붓.

25 「一捻紅」: 사詞의 레퍼토리 중 하나.

長歎息,

恨鎖寂寞春.

<u>洛水</u> <u>巫山</u>何處?

燈前斷腸人.

長相思摠[26]成虛,

夢裡相思摠成虛.

夢覺淚如雨,

淚盡愁,

對星月間間踈.

生自是之後, 一身萬念, 都係着那女, 度一日如三秋, 嗟歎佳期之腕[27]晚.

過旬有餘日, 老嫗來訪. 生喜甚, 與之茶罷. 生曰:

"嫗其不辭爲柯人[28]之勞, 而一去無聞, 若過數日, 則其將訪我于枯魚之肆.[29] 嫗之此來, 果有眞傳消息耶?"

嫗曰:

---

26 摠: '總'과 동자仝字.

27 腕: 원문에는 "婉"으로 되어 있으나 바로잡았다.

28 柯人: 벌가인伐柯人, 곧 중매인中媒人.

29 枯魚之肆: 『장자』莊子 「외물편」外物篇의 "吾失我常與, 我無所處. 吾得斗升之水然活耳, 君乃言此, 曾不如早索我於枯魚之肆"에서 유래하는 말이다.

"老身敢不力焉, 而自有掣碍, 尚爾遷就.[30] 使郎君貴體, 致有虧損, 歉悚無已. 曩日, 銀佩之還推, 不由於老身, 嫌其有違蹊徑, 使之結者解之, 欲其遠嫌於他, 而無得探幾故也. 今者, 梅女有緊需所費, 更以銀佩爲質請債, 故老身今玆袖來. 伏願相公, 從願特許, 無失一見之媒也."

生翫弄銀佩, 猶自愛惜不已, 卽以青蚨[31]若干付諸老嫗曰:

"不敢典物爲債而留佩, 其意有在畢竟事不落空, 則幸矣."

嫗應諾而去. 生收拾佩物, 藏諸篋笥, 以待老嫗之回.

後數日, 老嫗更來哄且言曰:

"事將偕矣. 人之所願, 天必從之. 老身動動唇舌, 利害多說, 則那女得聞相公前後殷勤之情, 欣然許之. 可知天緣之在此. 當以某日乘昏, 老身當奉邀相公, 相公惟當屈指以待也."

生喜不自勝, 卽以一大巵奉酒爲賀, 老嫗辭去. 生自是渴望老嫗之請邀矣.

一日, 生有事郭[32]外, 朝出信宿[33]而還. 老嫗路迎相謂曰:

"可惜可歎! 昨夕梅女, 乘間來訪, 故隨卽來邀相公, 則相公業已出他. 一誤良緣, 可惜可惜! 梅婢與老身, 賭飲數觥, 剪燭

---

30 遷就: 천연遷延.

31 青蚨: 돈의 별칭. 원래 '청부'는 매미 비슷한 벌레로, 그 피를 돈에 바르면 이 돈이 남의 수중에 들어가도 도로 날아 돌아온다는 속설이 있다.

32 郭: 원문에는 "廓"으로 되어 있다.

33 信宿: 이틀 밤을 묵음.

款情, 空費一夜, 使雲雨深盟, 鴛鴦[34]好夢, 竟歸於虛套, 豈不可惜哉!"

生聞言, 心神怳惚, 若墜淵崖, 近前謝嫗曰:

"閱日勤意, 竟至於摸聲捉影. 今焉追思, 徒傷情懷, 自今之計, 惟在再圖之期, 嫗其力焉, 無使心焦意燥也."

嫗頷諾而去.

光陰如流, 九秋已盡, 仲冬又屆, 朔風瑟瑟, 凍雪霏霏, 正值月晦之夕也. 生倚欄遠望, 悄然銷懷, 忽老嫗近前附耳曰:

"梅婢已在老身之所, 竚待相公者, 久矣."

生喜極如狂, 出門尾嫗而去.

時當初更之候也, 囱櫳寂寞, 孤灯耿滅. 生五步作三步, 忙忙進前, 啓戶相見, 歡喜可掬, 抱住[35]雙手, 摟定裙裳曰:

"梅兮! 梅兮! 何其無情之至斯乎? 吾之愁腸寸斷, 思心屢灰, 幸不致祆[36]廟之火, 只爲今日之一見, 而天借便隙, 人得遂願, 雖死今時, 猶不爲恨. 老嫗之一端喜說, 頓開我霧心雲懷, 若瓊漿之沃肺, 金篦之刮膜. 許多日, 許多之情, 不可以言語說盡也."

舜梅斂祍對曰:

"郎君之眷戀不忘, 妾亦知之. 雖鐵腸木心, 豈無感動乎心

---

34 鴛鴦: 원문에는 "元央"으로 되어 있다.

35 抱住: 꽉 껴안아 붙잡는다는 뜻의 백화.

36 祆: 원문에는 "妖"로 되어 있으나 바로잡았다.

哉? 然郞君自有婦, 賤妾亦有夫, 羅敷[37]自靖之節, 恨不相守, 文君[38]自媒之行, 固所甘心, 以思切, 未及見之, 郞君猶且唾罵而遠之, 妾顧何敢擧顔納媚於相公, 而妾以菲薄之資, 猥蒙相公之眷愛, 萬端勤意一向, 難孤黽勉從順, 有此靜女之俟,[39] 實多涉溱[40]之嫌也.”

遂與之盡情相款, 老嫗備進酒饌. 生飮了數觥, 紅潮微上, 春風滿面. 生戲謂梅曰:

“一佩銀玩, 先自蒼頭, 後從老嫗, 或不期而自至, 或謷求而更來, 先後遲速, 都做出一宵芳緣, 想是此物, 故爲爾贄見之禮. 今吾相見, 當作吾送幣之物, 則豈不好哉?”

生卽於囊中, 探出銀佩, 佩諸衿前, 一玩再翫, 喜笑琅琅. 梅曰:

“郞君之勤意, 不可孤焉, 故敢此乘間, 來蹈是期. 然如臨深淵, 如坐針氈, 心如中鉤之魚, 身若驚彈之鳥, 小須臾, 不敢弛情放心. 悍夫姑未出家, 見今充爲丞相府差,[41] 其行止能犯鍾[42]

---

37 羅敷: 진나부秦羅敷. 본서 14면의 주16 참조.

38 文君: 탁문군卓文君.

39 靜女之俟: 『시경』詩經 패풍邶風 「정녀」靜女의 “靜女其姝, 俟我於城隅. 愛而不見, 搔首踟躕”에서 유래하는 말.

40 涉溱: 『시경』 정풍鄭風 「건상」褰裳의 “子惠思我, 褰裳涉溱”에서 유래하는 말.

41 差: 차인差人.

42 犯鍾: 원문에는 “泛鍾”으로 되어 있으나 바로잡았다. '범야'犯夜, 즉 야간 통행금

無拘, 若踵尋到此, 禍將不測, 莫如趂早歸家, 以謀再期, 恐涉無妨也."

生曰:

"汝旣到此, 如此良夜, 不可虛度. 雖有許多難事, 自有老嫗方便, 汝勿憂疑, 更進數盃, 以暢樂事."

因解去裙帶, 弄手探戲, 酥胸蕩漾不定, 玉膚潤滑難試, 一進一退, 搏弄得千般萬回,[43] 烏雲乍歪, 粉臉暫烺, 陽臺片夢正在. 頃刻須臾之間, 忽有一人, 剝啄[44]叩門, 大聲呼曰:

"梅乎安在?"

定不知佳期如何, 且看下文分解.

지 시간인 2경과 5경 사이에 함부로 다니는 것을 이르는 말이다.

43 酥胸蕩漾不定~搏弄得千般萬回: 『금병매』 제4회의 "誓海盟山, 搏弄得千般旖旎, (…) 酥胸蕩漾, 涓涓露滴牡丹心"에서 따온 표현.

44 啄: 원문에는 "喙"로 되어 있으나 바로잡았다.

第二回
雙鴛打破兩遭夢 一鶯媒得三盃酒

南華子曰:

"以梅而有自踐之約, 以嫗而有自生之招, 以生而有待梅, 梅
且至矣, 以梅而有待生, 生且至矣. 上下相照, 前後相對. 以梅
而有典佩之緣, 以生而有贈佩之約, 有青天白天, 難難又難難
之說, 又有灞橋、庾嶺, 梅梅又梅梅之說. 上元¹佳節之約, 自梅
而說, 且丁丁寧寧, 冷節²清明之期, 自嫗而說, 是明明白白. 嫗
之病, 梅之病, 或先或後. 老嫗之忽焉中道而拒絕, 李生之猶且
見訪於既絕, 曰'三難之計', 反成遠交近攻之策; 曰'一梅之緣',
忽提意表言外之人; 生之信也, 固信士也, 嫗之試生, 固智囊也.
以生而無心乎鶯, 以鶯而有意於生. 以嫗則有意無意, 有心無
心, 正所謂'落花有意隨流水, 流水無情戀落花'³者也."

---

1   上元: 정월 대보름날.
2   冷節: 한식寒食.

那時呼門之人, 非是別人, 乃梅之母弟干鸞也. 舜梅驚起, 推門而出, 干鸞面前責曰:

"爾夫今纔還家, 爾且不在, 問諸前隣後屋, 杳無踪響, 今吾推尋到此. 汝須火速歸去也."

舜梅低聲對曰:

"老嫗爲我蒸糕, 留連其勤勤,[4] 此小遲. 望叔母[5]無訝也."

相與聯袂而飛也. 似進去, 老嫗倉黃喘急, 自內跳出曰:

"郎君! 郎君! 事已至此, 亦將奈何? 鸞婢慧黠者也, 疑房中有人, 而未之究焉, 或慮見事[6]之遲也. 今若慫慂[7]厥夫, 唐突來索, 則禍事出矣. 相公急速隱避, 以防不虞也."

生正値佳期之中散, 方痴呆半晌, 坐如木偶泥塑. 及聞老嫗之言, 又加一層禍色. 步出庭前, 街鼓三傳, 星斗交輝. 冒犯金吾, 尾嫗出門, 緣屋循墻, 輕步至家, 兩門猶不關矣.

進至中堂, 明燭危坐, 念及俄間事端, 恍如一場夢寐. 未及見而思益切, 已之見喜極. 忽焉散, 而憂愁之外, 又有危怖之情. 身

---

3 落花有意隨流水, 流水無情戀落花: 『금병매』 제2회에 나오는 말. 원래 송나라 석유백釋惟白이 엮은 『속전등록』續傳燈錄 권29에 실려 있는 말이다.
4 勤勤: 원문에는 "勤權"으로 되어 있으나 바로잡았다. 이 작품에는 '勤勤'이라는 말이 몇 번 나온다.
5 叔母: '이모姨母'의 착오.
6 見事: '볼일'이라는 뜻의 우리식 한문. '看事'로 표기하기도 한다.
7 慂: 원문에는 "悤"으로 되어 있다.

蹈虎穴, 自犯夜禁. 思之及此, 還不覺凜然, 從此好約便成浮雲, 強自寬懷, 置諸忘域, 而亦不可得也. 仍出文房四友, 拈出四韻一首, 以寓相思之情. 其詩曰:

相逢密密訝眞仙,
一別怏怏似斷弦.
有意欲成連理樹,
多情難作並頭蓮.
休言容易桑中約,[8]
虛負殷勤月下緣.[9]
怊悵可憐相思處,
愁人依舊夢嬋娟.

生題畢, 偃臥床褥之上, 掩睫則梅婢輒在眼前. 山情海意, 未酬萬一, 猶自口頭, 咄咄作歎, 如是挨過[10]數日.

一日, 往問老嫗, 老嫗迎謂曰:

"曩日之事, 危機甚多, 幸而不露. 俄見梅婢, 則願邀相公一面, 故老身正要往拜相公矣. 相公不請自至, 可謂'見機而

---

8   桑中約: 『시경』 용풍鄘風 「상중」桑中에서 유래하는 말.

9   月下緣: 월하노인月下老人이 맺어 준 인연.

10 挨過: '애써 견디다'라는 뜻.

作'[11]也. 今小留坐, 老身當走囑梅婢矣."

仍卽趨往. 生獨倚囪檻, 延望久之. 俄而有曳履之聲, 自遠而
漸近, 臨戶啓笑, 軒然進來, 身着半新不旧[12]之綠細小衫, 腰繫
軟藍裙子, 天然資質, 一層更媚. 生耽耽不能相捨, 仍備述日前
危境. 梅曰:

"同舍諸人, 無不見疑, 以月晦故, 食糕爲托, 善辭彌縫矣. 今
日相見, 恐不無耳目之煩, 暫相會面, 欲敍曩日驚散之由, 而一
致委曲之情也. 今月念之一日,[13] 卽主家忌辰. 那夕當圖隙出來,
郎君愼勿相負, 先來待妾于此也."

生亦再三丁寧, 戀戀相別. 生辭嫗到家, 屈指待期.

及期而往見酒嫗, 則酒嫗笑曰:

"甚矣! 梅女之難也. 蜀道之難, 難於上靑天,[14] 今者梅女之
難, 難於上白天也."

生驚曰:

"何謂也?"

嫗曰:

"老身今自梅所而來矣. 那夫乘醉到家, 使氣狂揚, 梅女以目

11　見機而作: 『주역』周易 「계사」繫辭 하下의 "君子見幾而作, 不俟終日"에서 따온
말.
12　半新不旧: '半新半舊'와 같다. '반쯤 낡은'이라는 뜻의 백화.
13　念之一日: 스무하룻날. '念'은 스물을 뜻한다.
14　蜀道之難, 難於上靑天: 이백의 시 「촉도난」蜀道難에서 따온 구절.

送之. 今夕之約, 又不偕矣, 亦將奈何?"

生歎息欷歔而返.

一日, 生坐倚欄頭, 與客對話, 老嫗憂過欄前, 目視而去. 生會其意, 隨卽正衣冠, 直抵嫗家. 梅女已在房中, 待之久矣. 進前執手, 歎息謂曰:

"爾是何樣物也, 能割盡丈夫之肝腸乎! 有約不來, 不如不相見不相約之爲愈也. 爾是何樣物何等人也? 其將使我去作北邙之魂耶? 其將使我去作黃壤飮恨之人乎? 萬斛塵渴,[15] 已生胸中千層火焰, 已燒心肺, 除非爾起死回生之術, 無有更起爲人之日. 爾其憐之悲之."

舜梅動容對曰:

"以妾思郎君之心, 亦知郎君戀妾之心也. 妾雖賤流, 亦有人性, 非不知郎君眷戀之情, 而一身之不得自由, 勢所然也. 蒲柳[16]之質, 配玆伹儈,[17] 雖暫爲歡, 每切賦命之歎. 一自見愛郎君之後, 惟有事齊之誠, 頓無事楚之心.[18] 遇事無心, 見食忘飯, 一身一念, 都注於郎君身上. 每當晧月透戶, 凉風動簾之時, 銀河

---

15 塵渴: '갈망'의 겸사.

16 蒲柳: 냇버들. 냇버들잎이 가을에 가장 먼저 지므로 몸이 허약함을 일컫는 말로 쓰인다.

17 伹儈: 천한 장사치. 원문에는 '儈'가 "噲"로 되어 있으나 바로잡았다.

18 惟有事齊之誠, 頓無事楚之心: '사제사초'事齊事楚(제나라를 섬길까? 초나라를 섬길까?)라는 고사성어에서 따온 말.

118

耿耿, 玉宇[19]迢迢, 譙[20]樓禁鼓, 一更纔盡二更鼓, 別院寒砧, 千擣將歇萬擣起. 于斯時也, 斷鴻叫盡, 思婦情懷, 孤燈偏照, 佳人長歎.[21] 斷腸相思, 流淚相望, 歎今生輕薄之娛, 期後天巾櫛之奉. 心焉如燬, 夢且難忘, 身焉憔悴, 衣帶日緩. 以郎君一日之愛, 成賤妾終身之憂, 恩與怨仇, 情反爲讐. 此生此世, 此恨難洩, 但願一死而爲犬爲馬, 以報郎君委曲之情也."

言畢, 仍掩袂泣下, 但見柳葉眉間含着雨恨雲愁, 桃花臉上完帶風情月意,[22] 眞所謂"嬋娟皓月無定態, 浪藉弱雲不禁風",[23] 其萬種妖嬈, 千般旖旎, 不可盡記.

生悲喜交極, 近前慰撫, 忽一人自外傳呼曰:

"梅兄安在?"

---

19 玉宇: 옥황상제가 거처하는 곳. 혹은 달에 있다는 궁전.

20 譙: 원문에는 "醮"로 되어 있으나 바로잡았다.

21 每當皓月透戶~佳人長歎: 『금병매』 제59회의 다음 구절에서 따온 말이다. "銀河耿耿, 玉漏迢迢. 穿窗皓月耿寒光, 透戶凉風吹夜氣. 譙樓禁鼓, 一更未盡一更敲; 別院寒砧, 千擣將殘千擣起. 畫簷前叮噹鐵馬, 敲碎思婦情懷; 銀臺上閃爍燈光, 偏照佳人長嘆."

22 柳葉眉間含着雨恨雲愁, 桃花臉上完帶風情月意: 『금병매』 제9회의 다음 구절에서 따온 말이다. "眉似初春柳葉, 常含着雨恨雲愁; 臉如三月桃花, 暗帶着風情月意." '雨恨雲愁'는 남녀가 이별하는 정을 뜻한다. '風情月意'는 '風情月思'와 같은 말로, 남녀 간 사랑의 감정을 이른다.

23 浪藉弱雲不禁風: 두보杜甫의 시 「강에 내리는 비를 보며 정전설을 추억하다」(江雨有懷鄭典設) 중의 한 구절. 두보의 시에는 본래 "弱雲浪藉不禁風"으로 되어 있다.

舜梅驚起, 拂手而去. 原來那人卽梅之弟舜德也. 舜德問曰:

"兄且胡爲乎白地裏做得何件事[24]耶?"

梅曰:

"因閑無事, 偶來講話耳."

卽與之聯袂而去. 生屛息房中, 俟去遠起來, 悵然出門, 如有所失.

歲色荏苒,[25] 又當除夕,[26] 往見酒嫗而告之曰:

"此歲將盡, 佳期屢違, 萬端懷思, 無以寬抑. 今有一物相贈者, 嫗其爲我, 暫使通知也."

老嫗卽領命而去. 那梅卽與老嫗, 先後踵到. 生一見歡喜過望. 生卽以細紅銀粧玉佩與之曰:

"此乃北胡[27]之第一肆中物也. 銀取其潔, 玉取其潤, 日夕衿前, 玩去玩來, 無忘此心, 是企企."

舜梅接手[28]玩覽, 極盡侈巧, 以綠藍繭絲, 聚結同心兩條. 梅女藏諸胸前, 感謝不已, 仍起而辭曰:

"舊歲舊約, 已成弄影, 新歲新情, 當有定期. 郞君幸勿傷懷."

---

24 白地裏做得何件事: 백화다. '白地裏'는 '공연히', '까닭 없이'라는 뜻.

25 荏苒: 세월이 흐름을 이르는 말.

26 除夕: 섣달 그믐밤.

27 北胡: 청나라를 말한다. 청나라를 오랑캐라고 한 것으로 보아 작자가 존명배청 尊明排淸의 입장을 지녔음을 알 수 있다.

28 接手: 손으로 받는다는 뜻의 백화.

遂称百福, 飄然辭去. 生長歎一聲, 茹恨歸來. 是日卽除之夕也. 萬戶之桃符換新,[29] 千家之爆竹除舊,[30] 泥牛[31]擊破, 彩燕呈祥,[32] 乃甲寅[33]新正也. 生往問老嫗曰:

"除日相見, 以上元夜爲期者, 丁且寧矣. 嫗其爲我, 更探以來也."

老嫗去卽還曰:

"望日則當如約云矣."

生且信且喜, 屈指以待矣.

是時, 御駕[34]南巡華城回鑾,[35] 適在上元之日, 金吾多嚴, 士女[36]早定. 生或慮事不如意, 及期而往叩老嫗, 則老嫗曰:

"梅乎! 梅乎! 灞橋上騰梅乎? 庾嶺之春梅乎? 五月江城落梅[37]乎? 其實七分摽梅[38]乎? 今夕之約, 又爲舛[39]差. 非老身之不

---

29 桃符換新: 섣달 그믐날 대문 곁에 도부桃符(복숭아나무로 만든 판자에 악귀를 막는 신을 그린 부적)를 새로 걸어 잡귀가 범접하지 못하게 하는 풍습.

30 爆竹除舊: 그믐날 폭죽을 터뜨려 악귀를 쫓는 의식.

31 泥牛: 토우土牛, 곧 흙으로 빚은 황소.

32 彩燕呈祥: 채색 비단을 오려 만든 제비 장식을 머리에 꽂아 봄을 맞이하는 풍습.

33 甲寅: 1794년(정조 18).

34 御駕: 원문은 이 앞에 한 칸을 비웠다.

35 鑾: 임금이 타는 수레. 원문은 이 앞에 한 칸을 비웠다.

36 士女: 청춘 남녀라는 뜻도 있고, 일반 백성이라는 뜻도 있고, 귀족 계층의 부녀자라는 뜻도 있다. 여기서는 백성이라는 뜻으로 쓰인 듯하다. 뒤에 나오는 말도 마찬가지다.

力焉也, 亦將奈何?"[40]

生曰:

"中道改約, 胡爲而然也?"

老嫗曰:

"士女不得擅出擅入, 且猂夫守傍不離, 勢也奈何?"

生曰:

"天上月圓, 人間無事, 如此良宵, 不可虛度. 佳人佳約, 又不如意, 其將使我, 甘作西山之餓鬼乎?"

老嫗慰曰:

"郎君愼勿惱焉. 開月初六日卽禁烟冷節.[41] 那時鸎﹑蓮兩女,

---

37 江城落梅: 이백의 시「사낭중史郎中과 함께 황학루黃鶴樓의 피리 소리를 듣다」
(與史郎中欽聽黃鶴樓上吹笛) 중 "江城五月落梅花"에서 따온 말.

38 其實七兮摽梅: 『시경』 소남召南「표유매」摽有梅의 "摽有梅, 其實七兮"에서 따
온 말.

39 籿: 원문에는 "侜"으로 되어 있으나 바로잡았다.

40 梅乎~亦將奈何: 이 구절의 상단 난외欄外에 "未見蹇驢, 靑衫依依. 初逢驛使,
故園迢迢"(절룩이는 나귀 보이지 않고/푸른 적삼 아련하네/강남의 매화가지 전해
주는 역졸驛卒 막 만났거늘/고향집 아득히 멀기만 해라)라는 글귀가 적혀 있다. 이
글귀는 이생이 순매를 만나리라 기대하며 노파의 집을 찾았으나 순매가 오지 않은
상황을 평한 것이다. 즉 해당 대목에 대한 평어評語에 해당한다. 흔히 나귀를 타고
매화 감상을 하기에 '절룩이는 나귀'라는 말을 썼다. '푸른 적삼'은 순매를 가리킨다.
제3·4구는 남조南朝 송宋의 육개陸凱가 친구 범엽范曄에게 역참驛站을 통하여 매
화 일지一枝를 선물한 고사를 끌어 왔다. 요컨대 이 평어는 이생이 순매를 만나지 못
한 것을 재미있게 비유적으로 말했다.

41 禁煙冷節: 한식寒食.

122

前期上墓, 獨留梅婢看家. 那時當圖好便, 伏願相公努力相待
也."

生悵然歸來, 只待冷節之回.

於焉之間, 節日已屆, 正所謂"淸明時節雨紛紛, 路上行人欲
斷魂"[42]之時也. 生往叩老嫗, 老嫗臥病有日. 生動問輕重, 老嫗
呻吟對曰:

"老身偶感風寒, 委席屢日間, 不得往詢消息. 相公稍待老身
之差病, 更圖後期也."

生急急慰問, 恨歎歸來. 挨過旬有餘日, 又往見嫗, 嫗曰:

"昔疾今愈. 其間欲一往問梅婢, 而梅亦病且臥者有日云. 相
公許以病資相需, 則老身當往探以來也."

生卽以如干靑銅付之. 自是之後, 生屢往老嫗, 往輒多違.

過月餘復往, 則老嫗十分怒氣, 咆哮作色曰:

"到今以後, 相公更勿以梅婢之說說到老身也!"

生曰:

"今因何故, 而嫗之薄情一至於此乎?"

嫗曰:

"姑捨大梅小梅, 以相公之故, 老身空然見疑於盜娼鸞, 蓮之
輩. 以相公頻來老身之家故, 傳說浪藉, 五口作說, 十口喧嘩.

---

42 淸明時節雨紛紛, 路上行人欲斷魂: 당나라 두목杜牧이 지은 칠언 절구 「청명」
淸明의 시구.

老身以垂死之年, 有何大事小事, 而若是見疑於人乎? 老身專
爲相公勤勤之情, 而出半臂之力, 以圖三數之會, 而亦莫能遂其
志, 則天緣之定不在此, 亦可知也. 此後, 更勿以梅婢等說說到
老身也!"[43]

說罷, 辭色甚厲. 生再三勸解, 萬無回心之望, 怊悵徘徊, 無
聊還來.

是時, 正三月暮春之望日也. 綠柳枝頭, 黃鸎喚友, 紅杏花上,
白蝶紛飛, 處處脩蘭亭故事, 人人追咏歸遺風.[44] 於是, 上[45]命閣
臣諸臣, 賞花翫柳於禁苑, 玉漏[46]初下, 夜巡無禁, 滿城士女, 無
不聳喜觀瞻. 生與二三諸益, 乘興帶月, 賭飮酒樓, 第五橋[47]頭月
色如晝, 上林苑[48]上仚樂迭奏. 生對景關情, 一心難忘, 即告別
諸友, 徑到家巷, 轉至老嫗. 時夜將半, 四無人跡, 排門直入, 老
嫗驚問曰:

"相公唐突犯夜深更到此, 有何緊事耶?"

---

43 姑捨大梅小梅~更勿以梅婢等說說到老身也: 이 구절의 상단 난외에 "不覺口
角生涎"(저도 모르게 입에 침이 튀는군)이라는 평어評語가 적혀 있다.

44 咏歸遺風: 증점曾點의 유풍遺風.

45 上: 원문은 이 글자 앞에 한 칸을 비웠다.

46 玉漏: 옥으로 만든 물시계.

47 第五橋: 동대문에서 종로 쪽으로 다섯 번째 다리. 조수삼趙秀三의 『추재기이』
秋齋紀異에 임희지林熙之가 달밤에 우의羽衣를 입고 제5교에서 생황을 불자 사람
들이 신선인가 여겼다는 말이 보인다.

48 上林苑: 창덕궁昌德宮 요금문耀金門 밖에 있던 어원御苑.

生曰:

"久不見老嫗, 思心益切, 今來, 特一相逢, 暢飮盃酒, 一以慰嫗, 一以慰懷. 老嫗何乃薄情之甚耶?"

老嫗謝曰:

"相公之今來, 爲楚非爲趙也, 何必老身爲哉? 然深夜到此, 敢不鳴謝乎?"

卽以盃酒, 與之相勸. 生停盃笑曰:

"老嫗之前後勤意, 銘心感骨, 而忽焉中途而磊磊落落, 此絶旣調之絃, 而沉未濟之舟也. 驥尾之蠅, 半途失附, 尺地之虫,[49] 竟日無功, 豈不可惜乎? 惟望老嫗更發善心, 以濟濱死之命也."

老嫗沉吟對曰:

"老身近得耳聾之症, 大語細語都不聞得. 相公再次說去也."[50]

生更得高聲道盡, 老嫗始得五分省悟曰:

"老身之勤托, 在於不提道梅之一字, 而今者郎君, 果聽老身之戒, 不曾說去一梅字, 郎君亦可謂信士也. 然不提梅字, 而句句言言, 無非盡出梅也, 字字說說, 都是不忘梅也, 郎君可謂滑稽[51]雄辯之士也. 郎君之誠意, 實是可矜. 今有一件可試之計, 未

---

49 尺地之虫: 한 자 정도 되는 작은 땅에 사는 벌레.
50 老身近得耳聾之症~相公再次說去也: 상단 난외에 "口不啞, 則幸也"(벙어리가 아니라 다행일세)라는 평어評語가 적혀 있다.

知相公其肯許否."

生曰:

"計將安出?"

老嫗曰:

"今有一計, 范睢所謂遠交近攻之策也, 百里所謂假途取虢之
計也. 干鸞之爲人, 有酒輒醉, 有言必從. 老身當致之室, 而請
邀相公. 相公先辦美酒佳肴, 與之暢飲相款, 見之以些少人情,
彼必阿附於相公. 相公外若柔軟善接, 內實借廳入室, 則彼必
感恩. 然後行吾所願, 而事或泄漏, 不至大段深責, 未知此計如
何?"

生喜曰:

"老嫗可謂'智囊意袋'也. 三寸肚裡, 能藏這般變幻機關, 若
使老嫗生乎三國之時, 足可謂女謀士."

卽以孔方多少, 付諸老嫗, 以爲辦備之需. 生辭嫗, 到家.

翌日, 生拂衣彈冠, 濟濟楚楚, 而至老嫗. 老嫗方與干鸞對坐,
言笑琅琅. 生進前相見, 鸞曰:

"相公曾不會飲, 胡爲乎酒肆來乎?"

生曰:

"余固不善飲酒, 而與爾賭飲, 則雖十大碗, 吾不辭矣."

---

51 滑稽: 원문에는 "滑諧"로 되어 있는데, 오기로 보인다. '골계'滑稽는 언변이 좋고
말이 유창한 것을 이른다.

老嫗卽以肴盤酒壺, 奉置堂中. 生呷[52]了一盃, 以餘瀝傳給鸞婢. 鸞婢一口飮盡, 隨卽滿斟一盃, 奉獻于生, 眞所謂"三盃花作合, 兩盞色媒人."[53] 生洗盞更酌以授鸞曰:

"語曰: '一盃人事, 二盃合歡.' 爾其飮此, 爲我出一臂之力."

鸞停盃笑曰:

"妾有全身之奉, 一臂之說, 是何言耶?"

老嫗在傍目視, 生笑曰:

"吾醉甚失言, 幸勿見訝."

干鸞只自增嬌含媚. 生佯醉告辭, 干鸞亦隨以退去. 翌日, 生往見老嫗, 老嫗曰:

"昨日, 鸞婢一心, 只在相公. 相公其先圖之."

生怒曰:

"謀其侄, 又媒其姨, 禽獸之所不爲也."

嫗笑曰:

"前言戱耳. 昨日果以誕辭, 誘說干鸞曰: '後宅相公, 一要娘子'云云, 則初相故意牢拒, 後乃快許曰: '吾非閨裏寡婦, 何害爲東墻之女[54]乎?'云. 相公此後, 若逢鸞婢, 則必外面粧撰, 無使

---

52 呷: '마시다'라는 뜻의 백화.

53 三盃花作合, 兩盞色媒人: 『금병매』제1회에 나오는 말. '작합'作合과 '색매인'色媒人은 모두 중매쟁이를 말한다. '작합'은 '작벌'作伐이라고도 한다.

54 東墻之女: 「등도자호색부」登徒子好色賦에 나오는, 송옥宋玉의 이웃집에 산다는 천하제일의 미녀.

鸞知機於中, 自有將許就計之道, 愼勿違誤也."

生假意承順. 自是之後, 鸞女無日不會于媼家, 或奉邀殷勤,
或路迎詔笑. 好事場中成一魔障, 生厭悶不已. 媼曰:

"此計反有相妨, 外掩之計, 莫良於此也. 晝無其便, 夜實多
暇, 老身當圖之矣. 相公少勿憂疑."

一日, 媼告生曰:

"明日鍾曉, 梅婢必來踐約. 相公以待鍾鳴而來也."

生再三當付而還. 是夜, 生攬衣挑燈, 只恨五更之太遲. 無半
点睡, 思亂抽詩秩, 朗唫數篇, 仍題「桂枝香」[55]一闋. 詞曰:

月貌花容可憐也,

應青春不上二旬.

黑闐闐[56]兩朶烏雲,

紅馥馥一点朱唇.

可惜出世做下品,

但使改嫁從良,

何似棄舊從新?[57]

---

55 「桂枝香」: 사詞의 레퍼토리 중 하나.

56 闐闐: 성한 모양.

57 月貌花容可憐也~何似棄舊從新: 『금병매』 제61회의 다음 구절에서 따온 말이
다. "初相會, 可意人, 年少青春不上二旬. 黑鬐鬐兩朶烏雲, 紅馥馥一點朱唇. (…) 可
惜在章臺, 出落做下品. 但能勾改嫁從良, 勝強似棄舊迎新."

蛩聲露色驚曉枕,

淚濕雙元央兩澁.

燈花不成眠,

殘更與恨長.[58]

不見凌波步,

空想如簧語.

門闌重重疊疊山,

遮不斷愁來路.[59]

俄而, 晨鷄催呼, 街鼓遠撤. 生攝衣而輕到老嫗, 老嫗猶自明
燭以待. 生進入問曰:

"梅婢尙爾不來乎?"

老嫗曰:

"丁寧爲期, 而街鍾纔撤, 相公少焉留待."

生倚門延竚, 杳[60]無影響, 望眼欲穿, 愁腸欲枯. 語曰: "待人

58 蛩聲露色驚曉枕～殘更與恨長: 송나라 진관秦觀의 사詞 「보살만」菩薩蠻에서
따온 말. 「보살만」의 해당 구절은 다음과 같다. "蟲聲泣露驚秋枕, 羅幃淚濕鴛鴦錦.
獨臥玉肌凉, 殘更與恨長."

59 不見凌波步～遮不斷愁來路: 송나라 서부徐俯의 사詞 「복산자卜算子-천생백종
수天生百種愁」에서 따온 말. 「복산자-천생백종수」의 해당 구절은 다음과 같다. "不
見凌波步, 空憶如簧語. 柳外重重疊疊山, 遮不斷愁來路." '능파보'凌波步는 여성의
가뿐한 걸음걸이, '여황어'如簧語는 여성의 아름다운 음성을 뜻한다.

難, 待人難", 今夜之待人, 別樣難矣. 更進一盃, 聊以寬懷, 忽聞
窓外有叩門之聲, 暗地裏, 猶卞[61]嬌聲好音. 生忙步啓戶, 抱持同
入, 未及坐定, 一塊倔强, 且笑且言曰:

"梅乎! 梅乎! 何其無信之至斯乎? 若遲數刻不來, 吾將發病
死矣. 天上、人間, 何往何去, 而今始來到乎?"

梅曰:

"往事言之無益. 今曉之來, 只爲踐約而來, 無使郎君懸望[62]
也. 同舍諸伴, 幾乎知機, 且東方已明, 屬耳可懼. 明日, 必於鷄
初鳴, 當潛身到此, 郎君亦必先到等待也."

梅卽忙忙辭去. 生勢無奈何, 歎息相送曰:

"愼勿如今曉爲也."

梅亦頷可而去.

是夜, 生又展轉不寐. 至夜久, 方睡了一回, 驚起視之, 則東
方已白. 生滿心忿恨, 啓戶觀看, 正所謂"非東方卽明, 明月之光"
也. 生出步庭前, 怡然徘徊, 不覺幽興之自發, 卽散步直抵嫗家.
月籠花腮, 風動柳眉, 隣狵閑吠, 街鼓尙傳. 生暫憩廡下. 已而,[63]
鷄鳴漏盡, 生前呼老嫗曰:

---

60 杳: 원문에는 "査"로 되어 있으나 바로잡았다.

61 卞: '辨'과 통용된다.

62 懸望: '걱정하다'라는 뜻.

63 已而: 원문에는 "而已"로 되어 있으나 바로잡았다.

"睡否?"

老嫗出迎曰:

"相公! 相公! 昨夜火事出矣."

生驚曰:

"是何言耶?"

老嫗笑曰:

"相公, 小坐. 老身當詳告矣."

不知火事有甚緣故, 且看下文分解.

第三回
老李能接早梅 媒鸞還作魔鬼

南華子曰:

"月老赤繩之說, 載在方冊, 有曰:'三生有緣, 則雖萬里隔絶、貴賤懸殊, 必與之相合.'其說信耶否耶? 如蕭史之弄玉[1]、裴航之雲英、相如之文君、韓壽之賈女, 足爲風流場題目, 而其他天緣人緣之奇逢異遇, 不可殫記, 則夙約定緣, 亦有所由從而然耶? 然則桑中之期,[2] 城隅之竢,[3] 亦云乎天緣人緣乎? 否乎? 曰:'是亦緣也.'是故, 有一時之緣, 有百年之緣, 聚散離合, 專在於有緣無緣. 是故, 有先遲而後速者, 有後期而先偕者, 此亦緣也, 是亦緣也. 故曰:'人之所願, 天必從之. 定於天而後, 發於事;

---

1 弄玉: 원문에는 "玉簫"로 되어 있으나 바로잡았다.
2 桑中之期: 桑中約.『시경』용풍鄘風「상중」桑中에서 유래하는 말.
3 城隅之竢: 남녀의 밀회.『시경』패풍邶風「정녀」靜女의 "靜女其姝, 俟我於城隅"에서 따온 말.

發於事而後, 成於人. 定於天、成於人者, 亦莫非天緣之所由定也, 豈人力之所可强哉?'"

南華子曰:
"嫗之言曰:'天緣之定不在此, 可知.' 又曰:'天緣之定在此, 可知.' 以一老嫗說, 是反反非非. 聞房中之嬌音嫩聲, 方知梅之已在, 而及其相見, 非梅伊鸞, 是何作者之幻耶? 生既自絶, 自絶之後, 猶且眷戀, 痛斷之後, 猶且不忘于懷. 梅既爽約, 爽約之後, 猶且自媒, 過時之後, 猶且踐言. 生之不信, 固其宜也, 梅之必來, 固未眞也, 嫗之所傳, 未可爲信, 則生之不信, 亦云宜矣.

倚欄相望, 有先假後眞. 以生而待梅, 梅至而生則知之; 以梅而訪生, 梅則不知生之已在房中; 以嫗而邀生呼梅, 不知生之已知而不見, 不知梅之已來而不知. 有知知不知知、來來不來來之意, 意趣無窮, 情緒備悉, 覽之者, 徒知事之巧, 生之豪, 梅之美, 而不知文之巧, 意之詳, 言之細, 情之篤也.

以嫗則有媒鸞之計, 以鸞則有陷嫗之責, 嫗之媒, 固虛也, 鸞之責, 亦虛也, 則前之虛, 後之實, 遙遙相綴. 鸞之眞心相待, 生之假心相待, 以眞待假, 以假言眞, 有眞眞假假相錯之理, 甚矣, 作者之巧也!"

且說, 老嫗且笑且言曰:

"昨日之火, 非別火也, 乃回祿[4]之災也. 昨夜廚中失火, 延燒渾室, 幸以一洞相救, 才已捎滅. 梅亦來救, 進去多時矣, 渠[5]必困且宿焉, 必不更來. 相公盍往歸焉?"

生歎曰:

"一會之緣, 何其崎嶇之若此耶?"

嫗曰:

"更爲相公理會[6]矣."

生曰:

"兩曉相訪, 一不遂約, 送盡許多良辰, 更待何時乎?"

老嫗曰:

"一宵聚會, 亦定緣, 非人力之所可爲也. 伏願相公稍待後期也."

生歎息回來.

過數日, 又訪至老嫗, 房中暗聞嬌聲嫩語. 生暗暗稱喜:

'梅必先我到此.'

忙步進裡, 嬋娟佳人, 含笑相迎, 非梅女, 而乃是干鸞也. 鸞起迎曰:

---

4 回祿: 화신火神, 즉 화재火災.
5 渠: 원문에는 "去"로 되어 있으나 바로잡았다.
6 理會: '처치하다', '처리하다'라는 뜻의 백화.

"役事多繁, 一未拜邀. 相公恕諒焉."

生亦笑, 且殷勤以數盃相酬, 其醜態令人可發一笑. 生假意說去, 仍卽辭還, 鸞亦怏怏而退矣.

三春已盡, 長夏初屆, 乃是四月之初也. 海棠枝上, 鼹梭飛急, 綠竹陰中, 燕語頻繁, 正所謂"柳色乍翻新樣綠, 花容不減舊時紅"[7]者也. 生身飄白葛輕衫, 腰繫玉絲條[8]帶, 手執南平連矢之筆,[9] 足穿彩雲八角之履, 搖搖擺擺,[10] 進訪老嫗, 相與寒暄罷, 生曰:

"近日思想, 去益難强, 嫗之無信, 一何至斯?"

老嫗曰:

"梅女今當至矣, 相公造次坐待也."

生依言暫待.

俄而, 那梅忙步入來. 相與欣然握臂. 生曰:

"前日爽約, 何也? 面約心會, 丁丁寧寧, 而及其中道二三其德,[11] 是可忍爲而獨不念我之情境乎?"

梅女笑曰:

"非妾之故, 實回祿之所致. 妾安敢食言失期乎?"

7 　柳色乍翻新樣綠, 花容不減舊時紅: 『금병매』 제80회에 나오는 말.

8 　條: 원문에는 "縧"로 되어 있다.

9 　連矢之筆: 합죽선.

10 搖搖擺擺: 건들건들 걷는다는 뜻의 백화.

11 二三其德: 요랬다조랬다 변덕을 부림.

生曰:

"然則好期定在何日耶?"

梅曰:

"明曉當踐前約, 郎君愼勿違誤也."

生曰:

"今則信知汝無信人也. 今旣相逢, 無意捨過. 雖有目下之禍色, 不猶愈於死乎? 寧且死於裙裳之下, 實無相捨之心, 爾勿過推[12]也."

梅曰:

"郎君之思妾, 雖切, 反不如妾之眷戀. 當食而忘飯, 臨睡而不寐, 一身心頭, 只想着相公面上. 妾非木石, 安敢孤負相公之勤意乎? 今日上直于媽媽, 每於雞曉出來, 當乘便直到, 則庶不爲他人覺得. 曉必偸來, 相公少勿憂疑, 來此企待也."

生聞言, 將信將疑. 夕飯罷, 直抵媼家, 依囱端坐. 老媼以盂酒頻頻勸慰, 以爲排悶消愁之資. 洞房寂寂, 殘灯耿耿, 隣雞三報, 街鼓五傳, 杳無音響. 生命老媼, 去他門外偵之. 半晌, 報曰:

"門內頻聞警咳之聲, 必知鸞、蓮之輩, 恐其倉卒出門, 故顚倒回來. 門庭若是喧闐, 則梅之未得便, 可知矣."

---

12 過推: '지나치게 물리치다'라는 뜻.

生猶且倚門企待. 俄而, 曙星催上, 東方漸白. 生長歎一聲, 憤然拂起曰:

"大丈夫寧以一女子眷眷爲哉! 今以後, 吾誓不言梅之一字, 而可歎可恨者, 老嫗之晝宵勤意, 竟歸虛也."

老嫗亦慚無一言. 生怒氣難禁, 仍大步歸來, 猶自忿憤不已.

過數日之後, 老嫗來訪. 生怒目瞪視曰:

"嫗之來此, 果緣何事耶?"

老嫗對曰:

"相公之厭待老身, 可謂'怒甲移乙'、'鬪室色市'.[13] 老身之前後勤勤爲楚之誠, 實不淺淺, 相公反不致敬起謝, 老身特來相訪, 懊悔頗深也."

生曰:

"吾之移怒於老嫗, 一邊思之, 則老嫗亦且矜憐. 然今來亦有再會之期, 而有何好消息耶? 嫗其爲我細傳."

老嫗曰:

"俄逢梅女, 則十分怒色, 怨望相公者, 多矣. 想必相公潛與梅女相期, 而不使老身知之者, 不過外待老身, 老身不勝忿寃, 今欲面訴衷情而來矣."

生驚問曰:

---

13 鬪室色市: '마누라와 싸우고 저자에서 화낸다'는 속담.

"梅女之怨謗晚生,[14] 實是意慮之外. 一自嫗家相別之後, 面也聲也, 都不一接. 今者外待之說, 實是情外之談也. 頂天足地, 晚生豈可隱諱老嫗乎?"

老嫗回怒含笑曰:

"前言戱耳. 試看相公之如何耳. 俄逢梅女謂: '以向夕之違期, 勢緣不得已之故, 而蓬山咫尺, 如隔萬重, 孤負郎君之苦心勤意者, 猶屬餘件事也.' 渠欲一訴衷情, 以洩此生之恨, 當以今日之夕, 逕到貴府云云. 伏望相公, 臨軒待之, 無負兒女之至情也."

生乃聞此語, 不覺回嗔作喜, 拜且謝曰:

"是果眞耶? 嫗其弄我, 試可之說也? 一期二期三呼四喚, 竟莫能遂其意, 則今之直走魏都,[15] 是果眞耶? 夢耶? 嫗其明言, 以解此泄泄之心也."

老嫗戱曰:

"宜乎, 相公之不信也. 語曰: '其則不遠.'[16] 相公第焉待之."

生卽以一盃慰賀老嫗, 曰:

---

14 晚生: 선배에 대한 후배의 겸칭. 여기서는 이생이 자신을 낮추어 한 말.

15 直走魏都: 『자치통감』資治通鑑, 『통감절요』通鑑節要, 『사략』史略 등에 나오는 말. 『통감절요』의 해당 대목을 보이면 다음과 같다: "魏龐涓伐韓, 韓請救於齊, 齊宣王因起兵, 使田忌將之, 孫臏爲師, 以救韓, 直走魏都, 龐涓聞之, 去韓而歸."

16 其則不遠: 『시경』 빈풍豳風 「벌가」伐柯의 "伐柯伐柯, 其則不遠"에서 따온 구절.

"待此踐約之後, 當含珠[17]仰報矣."

老嫗仍辭去.

生回來書室, 有郭老在焉. 郭老原來同舍止宿者也, 生欲虛榻待之, 而郭老無計移處, 尋思未得便之際, 郭老忽謂曰:

"今日卽吾亡叔母忌日也. 吾今參祀而去, 子能無寂寥之嫌乎?"

生笑曰:

"幸以餕餘[18]相饒也."

郭老唯唯卽發. 生暗暗稱奇, 幸其天借其便.

於是, 洒掃書室, 潔淨簞席, 明燭坐待. 時將初更, 纖月方吐. 生竚立門闌, 延頸遠望. 月下花邊, 依依一美人, 輕輕作步來. 生暗暗心喜曰:

'此必是梅女也!'

乃倉黃近前, 欣然動問, 卽隣家女之過閭者也. 生悵然無聊, 趑趄退步, 回倚門屛, 半信將疑, 忽有曳履之聲, 自遠漸近, 月下睼[19]視, 果是意中之人也. 生滿心歡喜, 執手相迎曰:

"爾且至矣, 予今生矣! 雙眼欲穿, 寸心已灰. 爾之爲物能化

---

17 含珠: 상례喪禮 때 죽은 이의 입에 구슬을 물리는 것을 이른다. 『장자』莊子 「외물편」外物篇의 "生不布施, 死何含珠爲"에서 유래하는 말이다.

18 餕餘: 퇴선退膳. 제사를 지내고 제사상에서 물린 음식.

19 睼: '睼'와 동자全字.

何樣物, 而能使丈夫寸斷肝腸乎?"

即携手轉入書室, 瑤簟銀燭, 極盡洞房之美. 以幾日相思, 儼然團聚, 情不可終, 喜不可極. 仍展衾鋪枕, 解衣同抱, 正如鴛鴦戲水, 鸞鳳穿花, 連理枝頭, 別樣春色, 同心帶上, 一般[20]幽興, 枕邊堆一朵息雲,[21] 衾中露兩尖金蓮. 誓海盟山, 罵聲依依, 羞雲怯雨,[22] 鴬語頻頻, 楊柳腰脉脉春濃, 櫻桃口微微氣喘, 星眼朦朧, 酥胸蕩漾, 萬種妖嬈, 千般旖旎,[23] 不可盡述, 正所謂 '宋玉偸神女[24], 君瑞[25]遇鴬娘'[26]也. 生即於枕上, 題「滿庭芳」[27]一闋, 以記之. 詞曰:

20 一般: '온통', '모두'라는 뜻.

21 息雲: '피어오르는 구름'이라는 뜻.

22 羞雲怯雨: 운우, 곧 운우지정雲雨之情을 부끄러워하다.

23 鴛鴦戲水~千般旖旎: 『금병매』 제4회의 다음 구절에서 따온 표현. "交頸鴛鴦戲水, 並頭鸞鳳穿花, 喜孜孜連理枝生, 美甘甘同心帶結. (…) 羅襪高挑, 肩膊上露兩灣新月; 金釵斜墜, 枕頭邊堆一朵烏雲. 誓海盟山, 搏弄得千般旖旎; 羞雲怯雨, 揉搓的萬種妖嬈. 恰恰鴬聲, 不離耳畔; (…) 楊柳腰脉脉春濃, 櫻桃口微微氣喘. 星眼朦朧, 細細汗流香玉顆; 酥胸蕩漾, 涓涓露滴牡丹心."

24 宋玉偸神女: 초나라 회왕懷王이 꿈에 무산巫山 신녀神女를 만나 사랑을 나눈 일을 말한다. 송옥은 이 고사를 읊은 작품 「고당부」高唐賦의 작자이다. '偸'는 '간통하다'라는 뜻.

25 君瑞: 『서상기』의 남주인공 장공張珙의 자字.

26 宋玉偸神女, 君瑞遇鴬娘: 『금병매』 제13회의 "好似君瑞遇鴬娘, 猶若宋玉偸神女" 구절에서 가져온 말.

27 「滿庭芳」: 사詞의 레퍼토리 중 하나.

鴉翎鬢, 新月眉,

杏子眼, 櫻桃口,

銀盆臉, 花朵身,

白纖纖, 葱枝手.[28]

動人春色堪人愛.

翠紗袖, 泥金帶,

喜孜孜寶髻斜[29]歪.

月裡嫦娥[30]下世來?

千金也難買.[31]

是夜相得之樂, 不可盡記.

那梅於枕上, 唏噓歎曰:

"妾賦命奇險, 所天無良, 名雖夫娘, 情實吳、越, 言必矛盾, 動
輒訾謷. 非不知恩義之爲重、情愛之必篤, 而適於此時, 郎君又從

---

28 鴉翎鬢~葱枝手: 『금병매』 제2회의 다음 구절에서 따온 말. "黑鬒鬒賽鴉翎的
鬢兒, 翠灣灣的新月的眉兒, 清泠泠杏子眼兒, 香噴噴櫻桃口兒, (…) 嬌滴滴銀盆臉
兒, 輕嫋嫋花朵身兒, 玉纖纖葱枝手兒."

29 斜: 원문에는 "乍"로 되어 있으나 바로잡았다.

30 嫦娥: 항아姮娥.

31 動人春色堪人愛~千金也難買: 『금병매』 제4회에 삽입된 다음 사詞를 변형한
것이다. "動人心紅白肉色, 堪人愛可意裙釵. 裙拖着翡翠紗衫, 袖挽泥金帶. 喜孜孜
寶髻斜歪, 恰便似月裡嫦娥下世來, 不枉了千金也難買."

以圖之, 使一端在世之心, 全然消磨, 雖欲奮飛,[32] 而不可得也.
妾之二三其行, 郎君亦必唾罵之不暇. 然旣往難追, 覆水難再.
寔是郎君之故, 郎君亦豈無俯憐之情乎? 今欲斷恩割情, 棄舊
從新, 而廉防有守, 垣墻有耳, 眞所謂'寸心之難馭'[33]者也."

生曰:

"爾之情曲, 亦甚可矜. 自古, 才子佳人之改適其行者, 不可
殫記. 金屋之貯, 不敢望也, 吾當貯汝以茅屋, 未知汝意如何?"

梅曰:

"情實不忘, 義固難負. 此生薄命, 亦云已矣. 重泉之下, 得遂
餘願, 則是妾之望也."

生曰:

"語云: '駿馬却駄痴漢去, 美人常伴拙夫眠.'[34] 是故, 蛾眉自
古招殃, 紅顏原來薄命. 今雖恨歎, 已無可及. 吾與汝乘間偸樂,
亦不美哉!"

仍以溫言柔語, 度了深更, 只恨夏宵之苦短也.

已而,[35] 隣鷄屢呼, 東囱微明. 梅女摔摔結帶, 悄然告別. 生執

---

32 奮飛: 『시경』패풍邶風「백주」柏舟에 "靜言思之, 不能奮飛"라는 말이 보인다.

33 寸心之難馭: 『명심보감』「존심편」存心篇에 "『景行錄』云: '坐密室如通衢, 馭寸
心如六馬, 可免過"라는 말이 보인다.

34 駿馬却駄痴漢去, 美人常伴拙夫眠: 『수호전』水滸傳 제24회 및 『금병매』제2회
에서 왕파王婆가 인용한 속담. 『수호전』과 『금병매』에는 '去'가 '走'로, '人'이 '妻'로
되어 있다.

手殷勤, 更問後期, 梅曰:

"不可預定, 當來夜圖之."

依依兩情, 不忍相捨. 生出門相送, 梅亦五步一回, 三步再顧.
生怊悵無聊, 靜依書几, 題兩律以寓懷. 詩曰:

> 傾城傾國莫相疑,
>
> 玉水巫雲夢亦痴.
>
> 紅粉情多銷駿骨,
>
> 金蘭誼切惜蛾眉.
>
> 溫柔鄉[36]裡芳魂絶,
>
> 窈窕風前月態奇.
>
> 相送不知春寂寂,
>
> 詞人此夕故踟[37]躕.[38]

> 眼意心期未卽休,
>
> 不堪怊悵正依樓.

---

35 已而: 원문에는 "而已"로 되어 있으나 바로잡았다.

36 溫柔鄉: 화류계나 청루靑樓를 이르는 말.

37 踟: 원문에는 "遲"로 되어 있으나 바로잡았다.

38 傾城傾國莫相疑~詞人此夕故踟躕: 『금병매』제16회 서두에 나오는 시. 『금병
매』에는 '玉水'가 "巫水"로, '誼切'이 "誼薄"으로, '芳魂絶'이 "精神健"으로, '月態'가
"意態"로, '相送'이 "村子"로, '詞人'이 "千金"으로 되어 있다.

春回笑臉花含媚,

黛蹙蛾眉柳帶愁.

皓月明星思伉儷,

殢雨尤雲[39]憶綢繆.

長卿[40]千載情還薄,

空使文君咏「白頭」.[41]

是日卽夏四月初八日也. 萬戶燈火齊明, 千村水缶爭鳴. 王孫
白馬, 黃昏邊隊隊遊戱, 士女靑衫,[42] 紫陌頭翩翩來會, 正所謂
"君樂臣樂, 永樂萬年. 月明燈明, 天地同明"[43]者也. 生呼朋喚友,
聽鍾觀燈, 徘徊逍遙, 忽思梅女, 逕尋老嫗而來, 則嫗正在房,

---

39 殢雨尤雲: 남녀의 사랑. 운우지정을 형용하는 말. 송나라 유영柳永의 『악장집』
樂章集 「낭도사만사」浪淘沙慢詞에 "殢雨尤雲, 有萬般千種相憐惜"이라는 구절이
있고, 『전등신화』剪燈新話의 「취취전」翠翠傳에도 "殢雨尤雲渾未慣, 枕邊眉黛羞
顰"이라는 구절이 보인다.

40 長卿: 사마상여司馬相如의 자字.

41 眼意心期未卽休~空使文君咏「白頭」: 『금병매』 제14회 서두에 나오는 시. 『금
병매』에는 '怊悵正依樓'가 "拈弄玉搔頭"로, '皓月明星'이 "粉暈桃腮"로, '殢雨尤雲
憶綢繆'가 "寒生蘭室盼綢繆"로, '長卿千載情還薄'이 '何如得遂相如意'로, '空使'가
"不讓"으로 되어 있다.

42 靑衫: 미천한 사람의 복장을 이르는 말. 여기서는 서민의 옷을 이른다.

43 君樂臣樂~天地同明: 명나라 영락제가 유생 최운과 주고받았다는 시구에서 따
온 말. 영락제가 "月明燈明, 大明一統"이라고 하자 최운이 "君樂臣樂, 永樂萬年"이라
고 재치 있게 대구를 맞추어 한림학사가 되었다는 이야기가 전한다.

以見生謂曰:

"俄間梅婢來到, 老身不能勸留. 意者, 相公遊翫不回. 若知趁今來訪, 恨不留待也. 梅女亦知相公之不復來, 故渠亦告退, 今夜則必無更來之理也."

生悵甚, 辭嫗而還, 挑燈趺[44]坐, 念及那梅, 睡思頓覺, 一心難忘. 仍展紙把筆, 題一律以暢愁懷. 詩曰:

簟展湘紋浪欲生,[45]
幽懷自感夢難成.
依欄剩覺添風味,
開戶羞將待月明.
擬倩蜂媒傳密意,
難回螢火照離情.
遙憐織女佳期在,
時看銀河九曲橫.[46]

過旬後, 生復往老嫗曰:

---

44 趺: 글자가 박락剝落되었으나 남아 있는 자형으로 볼 때 이렇게 추정된다.

45 簟展湘紋浪欲生: 잠을 못 이루고 몸을 이리저리 뒤척여 잠자리에 흔적이 생긴 것을 이른다. 원문에는 '湘'이 "緗"으로 되어 있으나 『금병매』에 의거해 바로잡았다.

46 簟展湘紋浪欲生~時看銀河九曲橫: 『금병매』 제91회 서두에 나오는 시. 『금병매』에는 '欄'이 "床"으로, '回'가 "將"으로, '在'가 "近"으로, '九'가 "幾"로 되어 있다.

"一別仙容, 蓬山隔遠萬重, 懷思無由更展. 嫗其爲我, 再圖一期也."

老嫗曰:

"老身今當請邀矣, 相公暫此遲待也."

於是老嫗, 使生入處室中, 鎖下金魚, 飄然出門而去.

俄而, 那梅自外而入, 見其房闥之緊鎖, 不知生之已在房內. 生亦料知梅之入門, 而只冀老嫗之放鑰, 屛伏以竢. 久之, 漠無動靜, 忽見老嫗開戶入來曰:

"梅且至矣, 今安在哉?"

生曰:

"吾審其入門, 而更不知何往, 意謂老嫗同也, 不知其誰先誰後也."

嫗復出門, 周訪數遍, 杳無踪響. 老嫗還曰:

"相公何不先使通知有此, 空失好機耶?"

生亦咄歎不已.

原來, 晝語鳥聽, 夜語鼠聞.[47] 干鸎適到是家, 潛身中門, 細悉動靜. 梅女之走避, 亦且見機而去也. 那干鸎十分怒色, 近前責嫗曰:

"是嫗! 是嫗! 白頭寡婦, 何敢賣口弄手, 誘我女侄? 吾之見幾

---

47 晝語鳥聽, 夜語鼠聞: '낮말은 새가 듣고 밤말은 쥐가 듣는다'는 속담.

者, 屢矣. 吾當陷嫗於法矣."

因厲聲向生言曰:

"相公乃明德君子, 胡爲乎作此不義之事乎?"

生曰:

"是何言是何言耶? 爾且不知其一二也. 吾之親乎梅者, 歲已屢矣. 向日之同盃相酬, 適欲使汝爲滅口掩目之計, 而汝反不知是東是西, 是眞是假, 今乃責之, 而不當責之地, 誠甚可笑. 劃是計者, 卽老嫗也; 瞞過爾者, 亦老嫗也. 一則老嫗之罪, 二則老嫗之罪也, 於汝亦有何與哉? 自今之後, 吾當不讓爲爾之姪婿, 到處周章, 爲我乘便, 則何幸幸?"

仍將一大碗奉酒壓驚. 于鷺聞言, 滿心慚恧, 有口無言, 如何肯飮? 固辭不飮, 怏怏告退. 那鷺婢, 自是之後, 嚴防梅女, 不得頃刻出門.

一日, 老嫗來見曰:

"俄逢梅女, 鷺婢之窺伺, 日以益甚, 雖有三目四口兩身八翼, 無一刻離捨之暇. 從今以往, 百年佳約已成浮雲流水, 萬望相公珍重云矣."

生亦無計可施, 乃題一篇, 以送自[48]遣之情, 而且寓永絶之意, 畧曰:

---

48 送自: 글자가 박락剝落되었으나 남아 있는 자형으로 볼 때 이렇게 추정된다.

歎賦命之崎嶇,

配佃儈[49]之下材.

金井之逢,

一面如舊.

銀佩之緣,

兩遭多情.

其若身材不肥不瘦,

月畫而烟描.

態度難減難增,

粉粧而玉琢.[50]

兩眉如初春柳葉,

常含雨恨雲愁.

雙臉如三月桃花,

每帶風情月意.[51]

行行過處,

花香細生.

坐坐起時,

---

49 儈: 원문에는 "噲"로 되어 있으나 바로잡았다.

50 其若身材不肥不瘦~粉粧而玉琢: 『금병매』 제7회의 다음 구절에서 따온 말. "月畫煙描, 粉粧玉琢, 俊龐兒不肥不瘦, 俏身材難減難增."

51 兩眉如初春柳葉~每帶風情月意: 『금병매』 제9회의 다음 구절에서 따온 말. "眉似初春柳葉, 常含着雨恨雲愁; 臉如三月桃花, 暗帶着風情月意."

百媚俱生.[52]

儀容若是嬌美,

体態況復輕盈.

語若轉日[53]流鸎,

腰似弄風楊柳.

不是綺羅隊裏生來,

却厭豪華氣像.

除非珠翠叢中長大,

那堪雅淡梳粧?

輕衫蓮步,

有蕊珠仙子之風流.

款躞湘裙,[54]

似水月觀音之態度.[55]

---

52 行行過處~百媚俱生:『금병매』제7회의 다음 구절에서 따온 말. "行過處花香
細生, 坐下時淹然百媚."

53 轉日: '전일회천'轉回天을 이른다. 역량이 커서 해를 움직이고 하늘을 돌리는
것을 말하는데, 여기서는 말을 재치 있게 잘한 것을 가리킨다.

54 湘裙: 상湘 지역, 곧 중국 호남성湖南省 일대에서 생산되는 옷감으로 만든 치마.
원문에는 '湘'이 "緗"으로 되어 있으나『금병매』에 의거해 바로잡았다.

55 儀容若是嬌美~似水月觀音之態度:『금병매』제78회의 다음 구절에서 따온
말. "儀容嬌媚, 體態輕盈. (…) 嬌聲兒似囀日流鶯, 嫩腰兒似弄風楊柳. 端的是綺羅
隊裡生來, 却壓豪華氣象; 珠翠叢中長大, 那堪雅淡梳粧. (…) 輕移蓮步, 有蕊珠仙
子之風流; 欵躞湘裙, 似水月觀音之態度." '款躞'은 천천히 이동한다는 뜻.

落花流水,

幾切[56]有情無情之歎?

微月殘燈,

不盡相逢卽別之恨.

<u>蓬山</u>遙隔,

尺地如遠.

<u>弱水</u>相望,

寸腸屢灰.

<u>西廂</u>之花影暗動,

一犬猖猖.[57]

<u>陽臺</u>之春夢初回,

片月團團.

恨春宵之苦短,

山盟海誓.

感此生之不久,

柳信花約.

月無情而下西,

鷄無端而催曉.

儘相思之難忘,

56　切: '多'의 뜻.

57　猖猖: 원문에는 "嘈嘈"으로 되어 있다.

悵後會之無緣.

夫何蹉跎之一期,

乃成倓[58]然之長辭?[59]

鏡何時而再合,

絃何日而復續?

嗚呼!

好事多魔,

明月已缺.

如見崔嵬鏡裡之容,

難回殷勤夢中之魂.[60]

酌彼酒而聊以寬懷,

咏此詩而適足寓心.

貌則羞花,[61]

雖一日而未忘.

才乏咏絮,[62]

58 倓: 원문에는 "倓"으로 되어 있다.

59 長辭: 길이 이별함.

60 如見崔嵬鏡裡之容, 難回殷勤夢中之魂: 『금병매』제65회의 다음 구절에서 따온 말. "徒展崔嵬鏡裡之容, 難返莊周夢中之蝶."

61 羞花: 꽃을 부끄럽게 할 정도의 빼어난 미모를 이르는 말. 당나라 현종玄宗의 총비寵妃 양귀비의 미모가 꽃을 부끄럽게 했다고 해서 양귀비를 가리키는 말로도 썼다.

62 咏絮: 원래 여자의 훌륭한 문장을 칭송하는 말. 동진東晉의 사도온謝道韞이 바

則万言而難違.

嗟呼!

後期難再,

撫孤枕而依依.

先天已隔,

望片雲之悠悠.

痛自絶而永訣,

歎相思之無極.

天荒地老,

此恨難消.

日居月諸,

此情未泯.

署伸素衷,

聊表丹心.

言有窮矣,

情不可終也.

云云.

람에 날리는 버들개지를 읊은 시를 그의 숙부 사안謝安이 칭찬한 데서 유래한 말.

追序[1]

稗說盖尙華, 非華勝東, 人情固然, 輒以未聞睹爲快. 好古非今, 樂遠厭近, 非東之病, 乃天下同病. 東人著說, 必用夏, 必曰: "東無觀焉." 盖今說東且今, 則東無觀, 今尤何論? 然事甚切至, 與『西廂』, 說相表裏. 雖美且賤, 不過衣縷而頭蓬, 不施膏, 不染粉, 玩好無見稱, 巾裳絶烜然, 所謂"工雖巧, 朽不雕,[2] 瓦不琢"也. 然意極而情篤, 若是可觀焉. 若身錦頭翠, 金鏤玉成, 則豈特西子[3]無光, 玉妃[4]失顏? 然則富辭麗文, 必倍蓰[5]於此矣. 是故, 塩梅[6]方調五味, 梗楠[7]必遇良匠, 馬奔長楸,[8] 車順通衢. 以

---

1 追序: 발문跋文.
2 朽不雕: 『논어』論語 「공야장」公冶長에 "朽木不可雕"라는 말이 나온다.
3 西子: 서시西施.
4 玉妃: 양귀비楊貴妃.
5 倍蓰: 몇 갑절. 원문에는 '蓰'가 "鍰"로 되어 있으나 바로잡았다.
6 塩梅: 소금과 매실.
7 梗楠: 집을 지을 때 동량의 재목으로 쓰는 시무나무와 녹나무.

膚見, 序俚語, 雖班 馬,⁹ 亦不過平平, 其若空中氣勢 紙上波瀾,
不¹⁰得以也. 俗且俚, 旣詳且盡, 吾子文章, 大且至矣夫.

        南華散人追序于帶存堂書室

嘉慶十四年己巳¹¹端陽¹²後一日
        石泉主人追書于薰陶坊¹³精舍¹⁴

---

8   長楸: 쭉 트인 대로大路. 조식曹植의 「명도편」名都篇에 "鬪鷄東郊道, 走馬長楸
間"이라는 구절이 보인다.

9   班 馬: 반고班固과 사마천司馬遷.

10   不: 글자가 박락剝落되어 판독이 어려우나 글자의 잔형殘形과 문맥을 고려해
보충했다.

11   嘉慶十四年己巳: 1809년(순조 9). '가경'嘉慶은 청나라 인종仁宗의 연호로,
1796년에서 1820년까지 사용되었다.

12   端陽: 단오端午.

13   薰陶坊: 조선 시대 서울의 행정구역으로, 남부南部 11방坊 중의 하나. 지금의
서울 중구 을지로·충무로 일대에 해당한다.

14   精舍: 이 글자 아래에 "嘉林白氏之章"이라는 백문방인白文方印이 찍혀 있다.
동일한 인장이 「절화기담서」折花奇談序 제하題下에도 찍혀 있다.

해설

약속과 어긋남의 변주

「절화기담」折花奇談은 1809년(순조 9)에 창작된 한문소설로, 일본 도쿄의 도요분코東洋文庫에 유일본이 전한다. 작자는 석천주인石泉主人인데, 누구의 호인지 아직 알려지지 않았다. 연구자들은 석천주인을 중인이나 몰락 양반에 속하는 인물로 추정해 왔으나, 확실한 근거는 아직 부족한 상황이다. 작자 석천주인과 편차자編次者 (편집자) 남화산인南華散人이 각각의 서문을 통해 밝힌 내용에 의하면 이 작품은 '석천주인 이李 아무개'의 실제 경험을 토대로 창작한 소설이라 했으니, 이를 믿는다면 작자는 주인공 이생李生에 비추어 사대부 문인으로 보아야 옳다. 한편 창작 시기는 "가경嘉慶 14년 기사己巳 단양端陽 후 1일 석천주인이 훈도방薰陶坊 정사精舍에서 추서追書하다"라는 작품 말미의 기록이 있어 분명히 알 수 있다. '훈도방'은 서울 남부南部 11방坊 중의 하나로, 지금의 서울 중구 을지로·충무로 일대에 해당한다. 따라서 이 작품은 서울에 살던, 이씨 성의 사대부 문인 석천주인이 기사년인 1809년 단오 이튿

날(음력 5월 6일)에 최종 완성한 것으로 보인다.

「절화기담」의 성립에 중요한 역할을 한 또 한 사람이 있으니, 바로 편차자인 남화산인이다. 남화산인 역시 누구의 호인지 알 수 없다. 석천주인은 서문에서 남화산인의 역할을 다음과 같이 밝혔다.

> 「절화기담」은 내가 스무 살 때 직접 겪은 일이다. 그 사실을 서술하고 기록한 것이니, 여가 중에 재미삼아 볼만한 읽을거리에 지나지 않지만, 글의 맥락이 잘 이어지지 않고 서사에도 빈틈이 많기에 친구 남화자南華子(남화산인)에게 질정을 구했다. 그리하여 남화자가 고쳐 편집하고 윤색을 가하니, 비록 내가 직접 겪은 일이지만, 속 태우며 그리워하고 애가 끊어지도록 잊지 못하는 정이 구절마다 생동하고 글자마다 맺혀서, 책을 덮고 긴 한숨을 쉬게 하는 곳이 있는가 하면 마음이 아파 눈이 시큰해지는 구절도 있다.

서문에 의하면 이 작품은 석천주인이 스무 살 때 직접 경험했던 일에 바탕을 둔 소설이다. 석천주인은 자신의 초고에 미흡한 점이 있다고 여겨 친구 남화산인에게 도움을 청했고, 이에 남화산인이 작품의 편집을 고치고 윤문을 가했다. 석천주인이 작품의 생동하는 표현을 칭찬한 구절에 주목할 때 남화산인은 공동 작자에 가까운 역할을 했다고 해도 무방할 정도로 작품 수정에 관여한 것이 아닐까 한다. 「절화기담」은 당시까지 한국 고전소설사에서 찾아보기 힘들었던 기혼 남녀의 사랑을 핵심 제재로 삼았다는 특징 외에 중국 장편소설에서 흔히 쓰이던 장회章回 형식을 빌려 중편소설 분량의 작품을 3회로 나누어 편성한 점이 특기할 만한데, 이러한 편차編次 방식 또한 남화산인의 수정 과정에서 도입되었을 것으로 추정된다.

남화산인이 작품의 편차와 윤문에 어느 정도까지 개입했는지는 확인할 방법이 없으나 평비評批만큼은 온전히 남화산인의 작업이었다. 남화산인은 1·2·3 각 장회의 앞에 '장회평'章回評을 붙여 각 회의 주요 내용을 개관하면서 감상 포인트를 지적했다. 제2회에는 작품 특정 구절에 대한 짧은 평어評語도 삽입되어 있다. 기존 번역에서는 작품 본문의 일부로 간주하여 잘못 번역되었으나, 원문의 상단 난외欄外에 적힌 이 내용 모두 평자評者가 작품 본문에 기민하게 반응한 평어에 해당한다. 작품 전편에 적용되지 않고 세 곳에만 보이는 점이 아쉽지만 역시 평비의 전통을 계승한 형식이다. 남화산인의 평은 묘한 문장을 과시하려다 요설饒舌로 흐른 측면도 없지 않으나, 작품을 다 읽고 나서 재차 읽어 보면 작품의 세부를 정교하게 읽는 또 하나의 재미가 있다. 소설 평비의 최고봉은 명말청초 김성탄金聖嘆의 『서상기』西廂記 평비인데, 남화산인의 평비 역시 서사의 조응에 주목하며 재치 있는 문장으로 작품의 묘미를 드러내고자 한 점에서 김성탄의 강한 영향이 느껴진다.

「절화기담」의 서사가 전개되는 시공간은 1792년(정조 16) 가을부터 1794년 초여름까지의 서울이다. 1794년 1월 정조正祖의 화성華城 행차를 서사 배경으로 삼은 것이 역사적 사실에 정확히 부합하고 당대의 세시풍속을 생동감 있게 재현하는 등 작품 속 시공간 설정과 서울의 세태 묘사가 매우 사실적이다.

남주인공은 스무 살의 선비 이생李生으로, 서울 벙거짓골에 사는 재자才子다. '벙거짓골'은 곧 모곡동帽谷洞을 말하는데, 지금의 서울 종로3가 부근 마을이다. 이생은 집안 살림을 돌보지 않고 이웃의 벌열閥閱 출신 이씨李氏 집에 붙어살았다. 서문 내용대로 이 작품이 작자의 젊은 시절 경험을 그린 작품이라면 석천주인은 벌열가 주변을 맴돌던 양반으로 추정된다.

여주인공은 열일곱 살의 절세미인 순매舜梅다. 순매는 방씨方氏 집의 여종으로, 이미 몇 년 전에 결혼을 한 유부녀다. 1792년 가을 무렵 이생이 벌열가 이씨의 집 우물 앞에서 순매를 보고 한눈에 반하면서 이야기가 시작된다. 이생이 틈을 엿보아 순매에게 은근히 수작을 걸어 보지만 순매는 웃음만 머금을 뿐 별다른 반응을 보이지 않았다. 여종이라지만 유부녀이니 뾰족한 수가 없다. 이때 『금병매』金瓶梅의 왕파王婆를 연상케 하는 노파가 등장하여 이생과 순매 사이에서 사랑의 메신저 역할을 했다. 「절화기담」의 노파는 『금병매』에서 서문경西門慶과 반금련潘金蓮의 인연을 맺어 준 왕파처럼 언변과 수단이 대단한 데다 책사策士의 면모까지 지닌 인물처럼 묘사된다.

　이생의 갈망과 노파의 주선에도 불구하고 가을이 가고 겨울이 되도록 이생과 순매의 만남은 번번이 어긋나더니 섣달 그믐날 밤에야 첫 만남이 이루어졌다. 남녀 주인공을 모두 기혼자로 설정함에 따라 '불륜'이 우리 애정소설의 새로운 제재로 편입되기에 이르렀다. 이생이 순매의 마음을 확인하면서 욕정을 좇는 장면이 이어지는데, 이 장면의 묘사는 한국 고전소설로는 드물게 노골적이다. 이후 유사한 장면 묘사가 그러하듯 『금병매』의 영향이다. 두 사람이 운우지정을 나누려는 찰나에 대문을 두드리며 순매를 찾는 소리가 들리면서 "아름다운 기약이 어찌 될지 궁금하다면 다음 회를 보시라"라는 서술자의 말로 제1회가 마무리된다. 독자의 궁금증을 한껏 자극해 놓은 상태에서 한 회를 끝내는 장회 전환 기법은 중국 장편소설에서 발전을 거듭해 왔고, 오늘날의 TV 드라마에서 더욱 진화된 형태를 보여주고 있는데, 「절화기담」의 작자 역시 그 묘미를 잘 알고 있었다.

　순매의 이모인 간난의 등장으로 첫 만남이 싱겁게 끝난 뒤 1년이 넘는 기간 동안 이생과 순매는 짧은 만남을 통해 차후의 긴 만남을 약속하지만 약속은 번번이 어그러졌다. 진정한 밀회라고 할 만한 만남은 1794년 4월에야 이루어져 마침내 이생과 순매가 잠자리를 함께했다. 단 한 번의 밀회에 성공했을 뿐 이생과 순매의 만남은 항상 어긋났는데, 순매의 여동생 등 주변 사람의 시선, 순매 남편의 술주정, 노파와 순매의 와병, 급작스런 화재 등 약속이 어긋난 이유도 다양하다. 제3회에는 이생이 어여쁜 목소리를 듣고 순매가 와 있다는 생각에 쾌재를 부르고 노파의 방 안으로 들어갔으나 목소리의 주인공이 간난임을 확인하는 장면 등 기묘한 엇갈림을 더욱 강조하는 장면이 배치되었다. 특히 제3회의 마지막 장면이 가장 극단적인 상황에 해당한다. 4월 초파일 열흘 뒤 이생이 순매를 만나기 위해 노파의 집에 오자 노파는 이생을 방 안에 있게 하고 방문에 자물쇠를 채운 뒤 순매를 부르러 갔다. 그 사이 들어온 순매는 방문에 자물쇠가 단단히 채워진 것을 보고 이생이 방 안에 있으리라고는 생각지 못한 채 간난이 엿보고 있는 것을 눈치 채고 그 자리를 떴다. 잠시 후 노파가 와서 방문을 열었을 때는 이미 순매의 종적이 묘연해 찾을 수 없었다. 그날 이후 간난이 모든 사태를 파악하고 순매를 엄중히 감시하면서 이생과 순매는 다시 만나지 못하게 되었다는 것인데, 다소 억지스러운 면도 있으나 두 사람의 만남이 교묘하게 어긋나도록 공들여 만든 설정이다.

작자는 단 한 번의 밀회 전후로 '약속과 어긋남'을 수없이 반복하며 기묘한 사랑 놀음을 흥미롭게 펼쳐 보였다. 이루어질 듯 이루어지지 않는 사랑 앞에서 안절부절 하는 이생의 심리 묘사가 뛰어나고, 순매의 애달픈 하소연 역시 독자의 동정을 이끌어 낼 만한 요소를 담았다. 그러나 「절화기담」에서 보여준 사랑이 '지금 이곳의 사랑'을 애절하게 서술했다는 남화산인의 평가에 대해 독자들이 어느 정도 공감할지는 의문이다. '절화기담', 곧 '꽃을 꺾은 이야기'라는 제목에서 알 수 있듯, 이 작품은 기본적으로 남녀의 사랑을 한바탕 웃음거리로 치부하는, 가벼운 접근 태도 아래 창작되었다고 볼 수 있기 때문이다.

「절화기담」은 전반적으로 애정전기愛情傳奇의 형식을 계승한 작품이다. 전기소설傳奇小說은 당나라 때 성립한 이래로 천 년 가까이 한문소설의 주류 형식이었고, 그중에서도 특히 수많은 명작을 낳은 것이 청춘 남녀의 사랑을 제재로 삼은 애정전기다. 「절화기담」은 애정전기의 대표작들처럼 화려하고 감성적인 문어체를 구사하는 한편, 작품 곳곳에 시를 삽입하여 서정성을 높였다. 특히 여주인공 순매는 『금오신화』金鰲新話에서 「주생전」周生傳·「운영전」雲英傳으로 이어지는 애정전기 명편의 여주인공들과 방불한 면모를 지녀 순수한 사랑을 갈망하는 절세미인으로 그려졌다. 게다가 애틋한 정을 담은 이생의 시와 순매의 고백에는 애정전기 특유의 전고典故가 집중적으로 활용되어 이 작품이 애정전기 전통 위에서 창작되었음을 분명히 보여준다.

문제는 이생과 순매가 애정전기의 주인공들과 달리 기혼 남녀라는 점이다. 작자는 순매를 성적 대상으로 보아 중국 통속소설에 비해서는 수위가 낮지만 우리 소설 전통에서는 꽤 과감하다고 할 성 묘사도 주저하지 않으며 작품의 통속적 흥미를 추구했다. 기혼 남녀를 주인공으로 삼아 불륜을 흥미 소재로 삼게 되면서 청춘 남녀의 비극적인 사랑을 통해 사랑 너머의 더 큰 문제를 환기해 왔던 애정전기 형식에 큰 균열이 일어난 것이다. 「절화기담」의 새로운 면모는 19세기 풍속과 의식의 한 반영이면서 『금병매』의 영향도 어느 정도 개입한 결과로 보인다. 초기 연구에서는 『금병매』의 왕파와 「절화기담」의 노파 캐릭터가 유사한 데 주목하여 『금병매』의 부분적인 영향이 지적되는 수준이었으나, 최근 「절화기담」 제2회와 제3회의 여러 곳에서 『금병매』의 표현을 거의 그대로 옮긴 구절이 확인되고, 이생의 창작인 것처럼 삽입된 시와 사詞 또한 『금병매』에 삽입된 시와 사, 혹은 묘사 구절에서 따온 것임이 드러났다. 남화산인의 윤문 과정에서 삽입된 것이 아닐까 하는데, 현재 밝혀진 것만 20곳에 이른다. 이로 미루어 『금병매』의 독서 경험은 「절화기담」의 성립에 매우 큰 영향을 끼친 것으로 보인다.

「절화기담」은 여주인공 순매가 새로운 사랑을 갈망하는 '진정' 眞情과 여주인공을 꺾어야 할 '꽃'으로 보는 '통속'通俗 취향이 공존하는 작품이다. 작자의 관심은 통속적 흥미 추구 쪽에 좀더 기울어 있는 것으로 보이며, 사랑의 계기에 초점을 둘 때 순매의 진정 이면에 일종의 허위의식이 놓여 있다고도 볼 수 있으나, 순매의 애틋한 마음을 그려 내는 장면에서만큼은 기존의 어떤 애정전기 못지않은 '진정'의 시선이 확인된다. 작자는 여주인공의 '진정'에 주목한 문제의식을 충분히 발전시키지 못한 채 중세 규범의 울타리 안으로 움츠러들며 안도하는 결말을 취하고 말았다. 순매의 진정을 중심으로 「절화기담」이 제기한 문제는 19세기 후반에 창작된 한문소설 「포의교집」布衣交集에서 더욱 첨예한 형태로 전개되어 '사랑의 윤리'에 관한 보다 진지한 물음을 이끌어 내기에 이르렀다. 오늘날의 독자에게도 낯설지는 않지만 명쾌하게 답변하기 어려운 문제, 19세기 조선의 독자로서는 대단히 당혹스러웠을 법한 문제가 두 작품을 거치면서 소설사의 새로운 주제로 떠올랐다. 이 점에서 「절화기담」이 기혼 남녀의 사랑을 중심 제재로 삼아 일면이나마 그 사랑을 '진정'의 시선에서 조망한 점은 우리 고전소설사 최초의 의미 있는 시도로 기억해 둘 만하다.

정길수

찾아보기